keikoのスクラップ・ブック

Ⅱ

エッセイと物語＋CD

佐藤 啓子

ブックウェイ

表紙のイラストは、ジャズと朗読のジョイント・コンサート「煙が目にしみるin大阪」にて朗読中の私です(2015年12月13日　大阪市のライブハウス　Mr. Kelly’s にて)。

お客様で大阪市にお住いの橿原智子さんが描いてくださいました。

表紙・イラスト　樫原智子

目次

1　お知らせ　8
2　入院生活　12
3　まだまだこの世に　15
4　相棒　18
5　友への手紙（チャリング・クロス街84番地）　20
6　バックイケメン　24
7　クリスマスイブ　二人の天使　26
8　謹賀新年　29
9　熊井明子さんからの速達　31
10　ふろふき大根のゆうべ　33
11　消灯時間とすうぷのみの食事　35
12　移り行く日々と一杯１００円のカクテルパーティー　37

13 お風呂 39
14 チャペル　お御堂 41
15 日課 43
16 録音の計画 46
17 お御堂での録音無事終了 50
18 チャリングクロス街84番地 53
19 夢 59
20 嗜好品 63
21 エディンバラのお土産　版画 65
22 映画　未完成交響楽 67
23 妓王のCD 71
24 スープ・オブ・ザ・デイ（日替わりスープ） 77
25 映画「ジェーン・エア」 83

26　料理人季蔵捕物控シリーズと
　　ロンドン謎解き結婚相談所　103
27　テディベアの幸せ　88
28　映画「ショーシャンクの空に」　91
29　茶碗の中の幸せ　94
30　ナースさんたちのこと　96
31　イギリスの本　断片的思い出　98
32　食生活（?）の知恵　105
33　メアリー・アニングの宝物　107
34　「遠い椿」公事宿事件書留帳　110
35　一食増えた!?　115
36　退院の運び　118
37　今日は地味目で　123
38　買い物　125

39　トイレの花子さん　ある短大の思い出　128
40　〇〇〇の牛丼　131
41　滅亡を描く画家　ジョン・マーティン　134
42　美食三昧　138
43　東京ラブストーリー　タンメンとプリン　140
44　介護食いろいろ　144
45　イギリス、イギリス（1）　147
46　イギリス、イギリス（2）　ローマ　150
47　イギリス、イギリス（3）　スペイン・ポルトガル　154
48　イギリス、イギリス（4）　パリ　158
49　イギリス、イギリス（5）　ドーバー海峡からウェールズへ　163
50　イギリス、イギリス（6）　カーディフにて　英国風朝食　166
51　イギリス、イギリス（7）　マフェット嬢ちゃん　帰国へ　170
52　今日の朝ご飯　175

53　イングランドのアンティーク　176
54　うふ・プリン　179
55　アメイジング・グレース　181
56　物語「妓《ぎ》王《おう》」　183

朗読CD

1　だいじょうぶだいじょうぶ　いとうひろし　作／絵
2　クリスマス・オールスター　中川ひろたか　文／村上康成　絵
3　「イタリアの寺」より　板垣鷹穂　著
4　「ヨーロッパの四季」より　饗場孝男　作
5　妓王　佐藤啓子　作

※CDには絵は入っていません

1 お知らせ

しばらく入院してました。

ベア君もメロディちゃんも一緒です。

メロディちゃんは、小さいベア君と、病気のおばちゃまを守るのに必死で、ますます、りりしく、たくましくなっていきます。

メロディちゃん、それでは、お嫁の貰い手がなくなっちゃうんだけどなあ……。


一時的に退院して来て、今、家にいますが、また病院に戻ります。

どうも、もうよくならないみたいです。

まあ、いいですけれどね。

平均寿命からいえば、やや早逝ですが、あまり浮世には未練がありません。

朗読の道半ばなのが、心残りではありますが。

病気が分かった時、本の出版準備をはじめてましたので、出版を急ぎました。
入院してから、出版しました。

本の評判は、幸い、なかなかいいです。
安心しました。
難しくなく、面白くて、スッと心に入ってくるんだそうです。

たくさんの方たちから、お見舞いや、本の感想のお手紙をいただきました。
お手紙を読んで、いろいろなことが分かりました。

これまで、私には、理解者が少ないと思ってました。
性格にも、朗読にも、私の書く文章にも……。
どこか純粋なところがあるため、よく誤解もされてきました。
でも、お手紙を読んで、私の人柄や朗読や文章を愛してくださっている方々も、多いのだと分かりました。

朗読については、分からない方には分からなくても仕方がないと思いました。

私には、いろいろな朗読ができるため、まだまだ世に問える作品があると思います。

時間切れで、残念です。


今回の本を読んでくださった方の中で、アマゾンのレビューをかいてくださった方があります。

とても好意的な文章でうれしく思いましたが、その方や、ほかの方々の中に、私の文章には、独特のリズムがあり、朗読に向いているのでは？　といわれた方たちがありました。

これは、新発見でした。

自作の朗読を、もっとしていきたかったと思いました。

後悔することも多いですが、最晩年になって、深く理解してくださる方々が現れて、幸せな気持ちで旅立って行けそうです。

皆様、どうもありがとうございました。

2　入院生活

先日まで入院してました。

小金井市の聖ヨハネ会桜町病院です。

10月に、急に具合が悪くなり、近くの総合病院に入院しました。

そこでは、ちょっと辛い入院生活でしたが、途中で桜町に転院して救われた思いでした。

小規模のカトリックの病院です。

容体が安定したこともあり、気分も落ち着きました。

病室は、板張りの床で、暖かい感じがします。

看護師さんたちも、主治医の先生も、いい方たちばかりです。

毎夜、9時になると、アベマリアの音楽が病院外に鳴り響きます。

消灯の音楽なんです。

兼ねてから出版準備をすすめていた本を、入院してから出版しました。

ここ桜町病院には、10年くらい前に、父が、しばらく入院していたことがあり、その時、父は、とても幸せな時を過ごすことができました。

スタッフの方たちが良かったせいです。

その時の想い出も、その本の中に書きました。

病院やスタッフの方々に感謝する言葉も書いてありますので、主治医の先生や、看護師さん何人かに本をプレゼントしました。

看護師さんたちは、それをまわして読んでくださったみたいです。

彼女たちには、私の本は、新鮮だったようです。

私の入浴を介助してくださった一人の方は、私を湯船に漬けてから、話しかけてこられ、ずいぶん熱心に、お話しなさり、また、私のお話しも聴かれました。

とうとうお湯がぬるくなってきたので「あの〜、そろそろ上がりたいんですが……」と、おそるおそる言いますと、彼女はハッとして「すみません、自分が看護師だということをすっかり忘れてました」と謝られました。

ベア君とメロディちゃんは、いつも、窓辺のソファに座って、おばちゃまを見守ってくれてましたが、すっかり看護師さんたちの人気者になりました。

ある看護師さんなど、二人を初めて見た時、「可愛い、可愛い、まーかわいい！」と叫ばれたほどです。

退院の日に、何人かの看護師さんが、挨拶に見えられました。

「佐藤さんには、私たちの知らない世界を教えていただきました」とご挨拶された方もありましたし、「ベア君とメロディちゃんに、愛情を感じてしまいました」といって、しばらく二人の傍らに立ち尽くしている方もありました。

楽しい入院生活でした。また戻って行けるのがうれしいです。

3　まだまだこの世に

11月に出版した私の本を、講談師の田辺鶴瑛《かくえい》（女性です）さんにも、一冊、贈呈しようと思い立ちました。

鶴瑛さんは、田辺一鶴師匠の、プロのお弟子さんだった方です。

師匠について書いたエッセイも本に載せているんです。

鶴瑛さんは、私が、一鶴事務所に勤めていたころは、まだ前座で（講談の世界では、前座とはいわないんですよ、二枚目かな？　もう忘れてしまいました）、本名のあか美《み》さんで高座に出ていらっしゃいました。

彼女は、杉並に住んでいるはずなんですが、今もそうかな？

念のため、彼女のHPを検索して、そこから、住所が変わっていないか、訊き合わせるメールを送りました。

ついでに、私の近況について、近いうちに、あの世へ旅立つことになっていますと書き添えました。

数時間後にお返事が来ました。

住所は変わっていないようです。

彼女のお返事を、そのまま書きますね。


佐藤さん、以前、せっかくお花を贈っていただいたのに、家にいなくて、厚意を無にして申し訳ございませんでした。

本をお書きになったのですか。素晴らしいですね、ぜひ読ませてください。

あの世に早く行ったらまた一鶴の話を聞かせられてかないませんよ。

まだまだこの世にいてくださいね。


あの世に行ったら、師匠の愛すべきおしゃべりを、我慢して聞こうと思ってましたが、なるほど、ちょっとうるさいかもしれないな、と思いなおしました。

講談は、大変、人間臭い芸だと思いますが、この鶴瑛さんのメールには、人間の温かさを感じました。

4　相棒

先日、久しぶりに訪ねて来てくれた昔馴染みの女性が「私、メロディちゃんに惚れました」といいました。

メロディちゃんは、テディベア離れした顔をしてるんだそうです。

ひとしきり、メロディちゃんの話題で盛り上がりました。


メロディちゃんは、口元をきりっと結んだ、意志の強い顔をしています。

人間に生まれていたら、何かをなしとげる人になっていたかもしれません。

やさしい、おだやかな顔をしたベア君とは、いい相棒です。


二人は、夜、おばちゃまの隣のベッドで一緒に眠ります。

ベア君は、信頼しきったように、メロディちゃんの肩に頭を乗せてます。

二人が、いつまでも一緒に過ごせるようにと、おばちゃまは祈っています。

メロディちゃんとベア君

5　友への手紙（チャリング・クロス街84番地）

○○○さま

先日は、遠いところを、わざわざ訪ねて来てきださって、どうもありがとうございました。

楽しいひとときでした。

ＳＮＳをスマホでログインできるようにもしてくださって、とてもうれしかったです。

病院に帰ってからのＮＥＴ事情が、少し安心になります。

「チャリング・クロス街84番地」のＤＶＤのプレゼントも、もちろん、シュトーレンも、とてもうれしかったです。

○○○さんのデモCDは、あれから何度も聴きました。
出だしのピアニストの方のタッチの力強さ、元シャンソン歌手らしい○○○さんの歌い出し、なにかが始まるな、と思わせる冒頭部でした。

ただ、ところどころ、歌詞がよく聴き取れないところがありました。
また、高音部がよく出ていないところも……。

でも、○○○さんが、まだ、よく練習していない、とおっしゃっていたので、練習なされば、クリアできるのだと思います。
目新しい歌詞ですし、○○○さんの、良き新曲となりますように。

「チャリング・クロス街84番地」のDVD、とてもよかったです。
冒頭部、ロンドンに憧れ続けて、やっと来ることのできたヒロイン、ヘレーネ（アン・バンクロフト）が、車の窓から、ロンドンの名所を眺めるシーンでは、ヒロインの胸の高まりが聴こえてくるような、そして、若き日の私の、ロンドンへの憧れを思い出すような気がしました。

フランク（アンソニー・ホプキンス）の顔だけの演技は、素晴らしいです。ヘレーネへの想いをこめて、彼女のことを思い浮かべる。一度も逢うことのなかった二人です。

外国の俳優さんの朗読って、あまり聴いたことがありませんが、ホプキンスのさりげない小声での朗読もいいですね。日本の昔のＴＶドラマ「日本の面影」で、ラフカディオ・ハーン（小泉八雲）を演じた、ジョージ・チャキリスが、ハーンの原作の一部を朗読しましたが、あれも、とてもよかったです。

ＤＶＤの最後で、原作にはないシーンですが、バンクロフトが、閉店した「マークス古書店」の中に入り、今はなきホプキンスに「フランク、来たわよ！」と呼びかけるところ、明るいエンディングなのですが、胸に迫りました。
親しい人を亡くしたあと、誰もいなくなった部屋に「こんにちは！」とわざと明るく呼びかけて入って行った時の、なんとも空しいような、哀しいような自分の気持ちを思い出したからです。

よいＤＶＤを観せていただいて、ありがとうございました。

これからも、よいお仕事をなさってください。
コロナがおさまって、またお逢いできますように。

乱筆・乱文にて。

12月19日　けいこ

6 バックイケメン

我が家のペット、テディベアのベア君は、後ろ姿がとても可愛いです。
あまり可愛いので、私は、時々、うっとりと眺めてしまいます。

人間の子供の後ろ姿も、可愛いですね。

そういえば、田辺一鶴師匠も、後ろ姿が可愛かったです。
もっとも、師匠は、後ろ姿だけではなく、やんちゃな性格が、とても可愛いので、周りの人々から愛され、また、そのためもあり、芸人として、大変な人気者になったのでしょう。

私の母も、愛らしい人でした。

男の方も、女の方も、母の顔をごらんになると、自然に、にこにこしてしまわれる方が多かったです。

可愛い人は得だと思います。

ところで、ベア君ですが、前から見ても、なかなかイケてると思います。

ベア君の**バックイケメンと前から見てもイケてる写真**とは左記の私のＨＰでもごらんください。

朗読家　佐藤啓子のＨＰです。

http://ksh.arrow.jp/

7　クリスマスイブ　二人の天使

今夜は、クリスマスイブです。

我が家はお昼が正餐ですので、私は、カボチャのポタージュスープを温めて、赤ワインで乾杯しました。

そして、ベア君とメロディちゃんをおばちゃまの正面に座らせて、三人で、「きよしこの夜」を聴きました。

友人が贈ってくれた、音楽が聴こえてくるクリスマスカードです。

カードの中の夜空では、星もきらきら光ります。

カードを持ち上げて、ちょうど二人の目線に来るようにして聴きました。

二人とも、食い入るように見つめています。

二人とも、「きよしこの夜」を聴いたのは、初めてかもしれません。

「今夜は、イエス様がお生まれになったクリスマスの前の晩です。二人とも、お空を眺めていたら、天使たちが呼びかけながら飛んでいるのが見えるかもしれません。今宵、救い主がお生まれになると」

おばちゃまは、にわかクリスチャンになりました。

また、「カードを見てると、月の中に影が見えるでしょ。この影は、セント・ニコラスっていう偉い人が、サンタ・クロースになって、世界中のよい子たちに、プレゼントを配って回ってるのよ。トナカイにそりを引かせてね」


二人とも、目を見開いて、聴いています。

あ～！　お話し好きのおばちゃまには、こたえられないです。

二人とも、ほんとにいい子たちです。

おばちゃまの天使たちです。


11月に発行された私の本「keiko のスクラップブック　エッセイと物語」につい

ては、左記の私のＨＰをごらんください。朗読家佐藤啓子のＨＰです。
http://ksh.arrow.jp/

8　謹賀新年

皆様、明けましておめでとうございます。

今年もよろしくお願いいたします。


ベア君とメロディちゃんにとっては、初めてのお正月です。

お屠蘇やお雑煮の匂いをかがせてあげました。

ＴＶのお正月風景も、二人にとっては初体験。


元日の午後からは、お隣の弟一家に、お茶のお呼ばれです。

美味しいお紅茶とお茶うけは、きんとん。

おばちゃまは、思い出話に夢中、二人は、ゆったりと椅子に腰かけて、初めて見るお隣の家を堪能してました。

9　熊井明子さんからの速達

エッセイストであり（ロングセラー「私の部屋のポプリ」など）、映画監督、故熊井啓さんの奥様でもある熊井明子さんから、昨日、速達が届きました。

私の本「keiko のスクラップブック」の感想です。

以下に全文を載せますね。


今、河出書房より御著が届きました。

お手紙拝読して何ともいえない気持ち……。

でも読みはじめましたら「時」がまきかえされ、さまざまなよい時の佐藤さまが、いきいきと語りかけて下さって、笑ったり、涙ぐんだり、旅の思い出も読書も重なることが多く、言葉をかわしているようでした。

アーサー王を追いかけた旅、エッフェル塔――。

ともかくも御身お大切に。

心あたたまる時をもたらす本、本当にありがとうございました。


以上です。


熊井さんの「私の部屋のポプリ」シリーズから何篇かのエッセイを選び、朗読してCDに収めたことがあります。

その際に、熊井さんから許可をいただき、その代わりに、CDを贈呈しました。そのご縁がありますので、本を出版した際、熊井さんにも、一冊贈呈したのです。

入院中、熊井さんのご住所が分からなくなり、出版社当てに送りましたので、読むのが遅くなられたのでしょう。

熊井さんは、私の添え書きを読んで、急いで送ってくださったのだと思います。

熊井さんのご感想、とてもうれしかったです。

10　ふろふき大根のゆうべ

冬が近づいてきたある日暮れ、峠の茶屋の茂平さんは、イノシシたちから「ふろふき大根を囲む会」に招待されます。

特大の美味しそうな大根一本と、手作りのクルミ味噌をお土産に、いそいそと出かける茂平さん。三方から集まったイノシシたちと茂平さんの楽しいゆうべは始まりました。

柔らかな大根と暖かい湯気に包まれて、湯気の見せてくれる夢も見たあと、〆のお餅でお腹をしっかり固めて、茂平さんは、帰途に就きます。

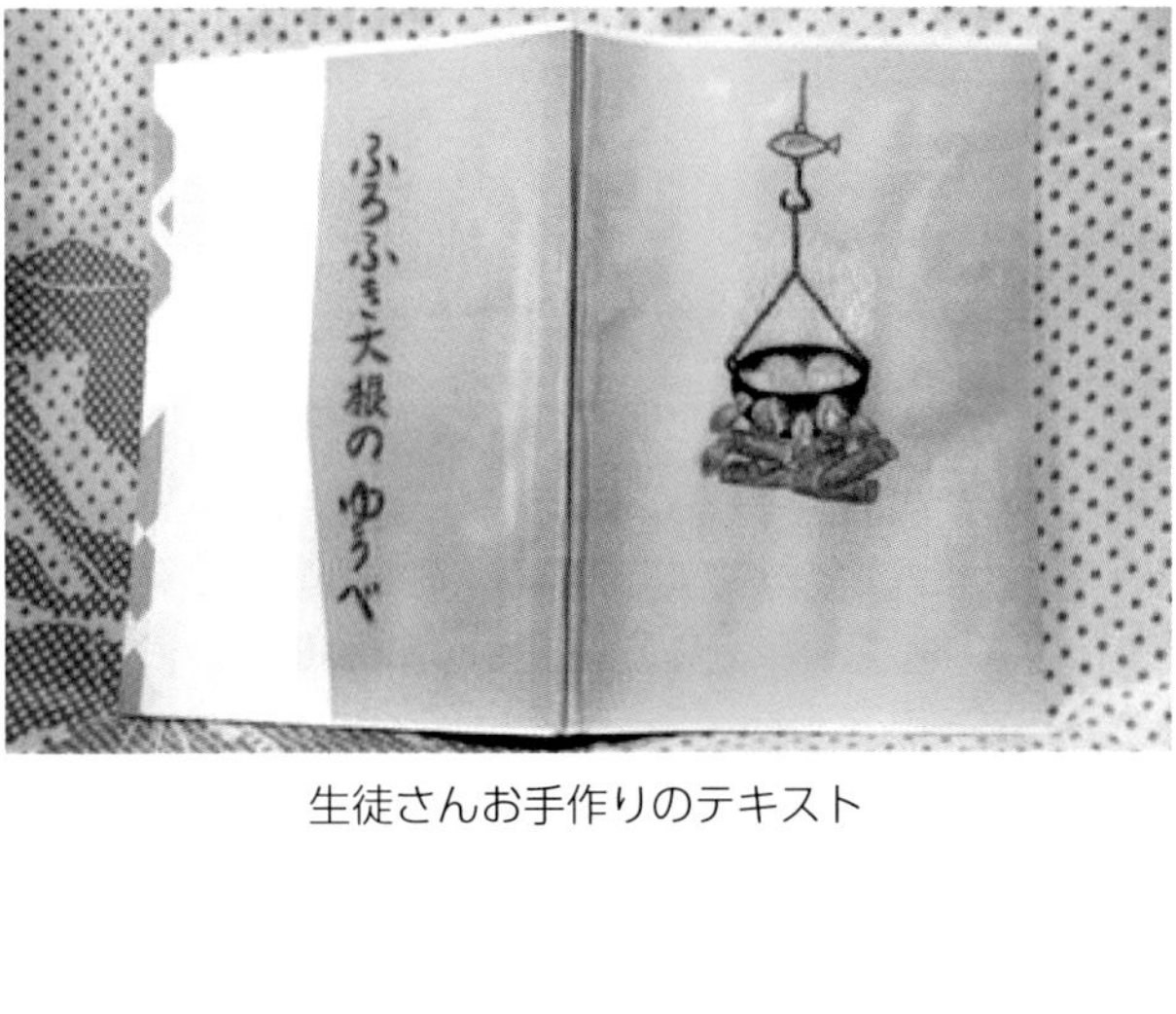

生徒さんお手作りのテキスト

雪も降ってきましたが、イノシシの貸してくれた手拭いで顔を包むと、雪の峠道も少しも寒くありません。

茂平さんは、飛ぶように家に帰りつきました。

朗読教室を開いていた間、このテキストは、何度も取り上げました。どの教室でも好評でした。

安房直子さんの温かいメルヘンのおかげで、みんなお腹も心も、ポッカポカ……。鉛筆画を勉強していらっしゃる生徒さんが、コピーしたテキストを、表装してくださって、イラストも描いてくださいました。

近いうちに入院したら、おもゆとお味噌汁くらいは、すすられるようになるでしょう。

大根は食べられないけれど、このお話を読んで、生徒さんたちと、ふろふき鍋を囲んでいる気持ちになります。

11　消灯時間とすうぷのみの食事

病棟にいた時は、午後9時になると、全館に、アベマリアの曲が鳴り響きました。

消灯の音楽です。

でも、こちらに移ってからは、それがありません。

どうしてかな？　と思い、ナースさんに訊いてみましたところ、ここでは、消灯時間は、決まってないんだそうです。

それは、自由でいいな、と思いました。

ただし、食事の時間は決まってますよ。

すうぷのみの食事

私の食事は、もうずっと流動食みたいです。

重湯とスープ。

それに、一日2回。

当分の間は、朝と晩で様子をみます。

朝は味噌汁、あとは、日替わりで、いろいろな風味で（具の入ってない）スープが出てきます。

昨夜は、玉ねぎ、その前の晩は、コーンスープ、その前は、とろろ昆布風味でした。


一生、固形物なし、というのも口ざみしいことですが、考えてみると、すうぷだけの食事って、なんだか外国小説の登場人物になったみたいで、素敵かもしれないと思います。

それに、スタッフの方々が、一生懸命、工夫をこらして、私が飽きないよう、毎日、すうぷの献立を考えてくださるので楽しみです。

12　移り行く日々と 一杯100円のカクテルパーティー

●移り行く日々

ここには、小さな庭園があります。

散歩もさせてもらえますが、こぢんまりした池があるせいでしょうか、車いすでナースさんに付き添われてのお散歩です。

泉水には、緋鯉一匹と真鯉が二、三匹。

泉水のそばには、小さな一本の枝垂桜、そして常盤の松がやはり一本。

この庭園の見られるお部屋は、さぞいいお部屋なんだろうなと思います。

その昔、ここには、華やかな噂に包まれたある女性の流行作家が入居してらっしゃいました。

どんな立派なお部屋だったんだろう、と思います。

今、若いナースさんたちは、彼女の名前を知りません。

●一杯100円のカクテルパーティー

以前は、ラウンジで、週2回だったそうですが、昼間は喫茶室、夜は、バーが開かれていたそうです。ボランティアの方々がいらして、一杯100円でカクテルをこしらえてくれていたとのこと。

夜、患者さんと飲んで帰られる先生もいらしたそうです。

また、時には、カクテルパーティーも……。

今は、その華やかさはなく、いつもがらんとしたラウンジ。

ついこの間までのことだったのに……。

私は、お医者様からワインを飲んでもいいといわれています。

コロナが治まるまで、なんとか元気でいたいものです。

13　お風呂

入院して初めてのお風呂です。

お風呂場は、部屋からすぐですが、車いすで連れてってもらいます。

吊り下げ型と階段型と二つあるとのこと……。

吊り下げ型……なんだかドキドキ。

でも、私は、まだ足腰が割合しっかりしている方なので、階段型でいいとのこと、ほッ。

脱衣所で、イスに座って脱がせてもらい、今度は、また、お風呂場の中で椅子に座って、ゆっくり体を流してもらいます。

頭から足先まで、じゃぶじゃぶ温かいお湯で流してもらってごしごし。

すっかり洗い終わったら、ナースさんの指示に従って、三段の階段を降り、湯船に入ります。

戸外の光が窓から差し込む明るい、やや広い浴室。

お湯にゆったりつかると、ほっとします。

泡ぶろもある、ということでお願いしました。

すっかりリラックスします。

ナースさんと少しおしゃべりして、終わったら、気を付けて階段を上がり、シャワーで流してもらったあと、脱衣所へ。

そこで椅子に座って、体や髪を乾かしてもらったあと、パジャマを新しいのに着替えて、また車いすでお部屋へ。

ここまでで、ざっと45分です。

気持ちいいのですが、かなり疲れます。

部屋に着いたら、バタン。

私、週に一回でいいです。

14　チャペル　お御堂

本館の病棟には、小さなチャペル（礼拝堂）があります。

ステンドグラスから入るお日様の光が綺麗……。

静かなこの空間が好きで、入院中、ベア君たちと三人で時折、瞑想の時を過ごしました。


昔、父が入院していた時、見つけたのです。

見舞いの傍ら、時々、ここでやすんでいました。


ここホスピスにも、本館のよりもっと小規模ですが、チャペルがあります。

ステンドグラスも少ないですが、やはり静かな空間です。

今は、時節柄、使われていませんが、ここで、小さな朗読会でも開けるといいなと思います。

文語訳聖書を読む、なんていうのはどうでしょう？

こういう場所は、母校にもありました。
そのころは分かりませんでしたが、ほんとにありがたい場所ですね。
哀しい時も、辛い時も、気持ちの切り替えにも、ちょっと休むのにも……。
都会のオフィスビルの中にも、こういう空間があったらいいのにと思います。

15　日課

明け方の薄明かりが忍び寄ると、起き出して、カーテンを開けます。
そして、椅子に座って、ベア君たちと三人でお庭を眺めます。
小さな中庭ですが、綺麗な花が咲いてます。
これから、春が深まるにつれ、益々、綺麗になるでしょう。
お庭を眺めながら、今日の日課のことなど考えます。

今日のブログには、何を書こうか？　お風呂には入ろうか？　お庭の散歩は？


朝ご飯の来る7時半まで、そうして待ちます。

夕食が6時ですから、朝食までは長いです。


待ちに待った朝ご飯は、重湯と味噌汁だけですが、味噌汁は、ほんとに甘露に思えます。

お昼抜きで、朝は、重湯と味噌汁、晩は、やはり、重湯とスープというのは、食いしん坊の私には、辛いことです。

でも、味噌汁も、スープもとても美味しいし、時節柄、ほかのお部屋の方たちのお食事風景は見ることがないので、助かっています。

考えていたほどの辛さではありません。


ブログに打ち込み、読書し、ＤＶＤを観て、昼寝して、気を紛らします。

それでもだめなら、空いてる時は、お風呂に入っちゃおうと思います。
心地いい時間を過ごして、食べ物のことを忘れられます。
ただ、やはりお風呂は人気があって、結構混んでるそうですが……。

これからの季節は、お庭の散歩もいいですね。
ただし、ナースさんに車いすで連れてってもらわなければいけません。
それも、結構、混んでるでしょうね。
やはり、ここでも、人は考えて生きていかなければいけないんですね。

また、ベア君たちのことについても書きましょう。

（朝、三人でお庭を眺めてるシーンですが、起き抜けで、寝具がちょっと乱れてます、ごめんなさい。）

16　録音の計画

チャペルでの朗読会は、当分できそうもありません。

そこで、ここを、朗読の録音の場にお借りできないものかと考え着きました。

音響がすばらしくいいのです。

マイクなんかいらないでしょう。

体力がなくなっている私にも、楽に声が出せそうです。

そういったことに詳しいスタッフの方などはいらっしゃらないし、録音の設備もありませんので、手持ちの録音機で大丈夫か、試してみないと……。

うまく録音出来たら、私のＨＰ管理者の方に頼んで、ＨＰから、配信できないか、試してみることになっています。

管理者の方によると、短い作品しかできないとのことですが、ちょうど短いものが二つあるのです。

コロナ騒ぎの前に、ある朗読会で読むつもりだった作品です。

どちらもエッセイ（紀行文）で、海外が舞台。

なかなかロマンティックな文章です。

恋愛ものではありません。

あ～うまくいきますように。


でも、まず、チャペルを貸していただけるかどうか、病院に訊かなければ……。

また、ナースさんによると、ここには、プレイルームというこぢんまりしたお部屋があり、防音だそうです。

お子さんたちが遊ばれる部屋だったのでしょうが、現在は使われていないそうです。

この部屋をお借りしてもいいのでは？

最悪、みなダメだったら、自室での録音しかありませんが、外部の物音が入るかもしれません。

まず

1．チャペルでの録音の許可をとること。（次善の策は、プレイルーム）

2．朗読の練習

3．朗読して録音したら、それが、うまくHPから配信できるか様子を見る

4．上記がだめだったら、少部数のCDをこしらえて、友人・知人に配る。

私の形見です。

夭逝された息子さんが、生前、作曲された曲を、少部数、CDにされて出版された知人があります。

費用のことなど、いろいろ訊いてみようと思います。

読む物は決まっています。

私の作品、時代小説（物語？）「妓王」です。

短篇ですが、なかなか評判がよく、昨年出版した「keiko のスクラップブック」というエッセイ・物語集にも載せました。

これを、私が朗読するのを聴きたいといってくださる声が多いので、気持ちが動いています。

今、この日記を、ラウンジの窓際のテーブルに座って入力しています。

いよいよ最晩年になって、ホスピスで、まだ、これからのことを考えて、胸を弾ませられる私は、幸せ者です。

17　お御堂での録音無事終了

先日、ここのお御堂（チャペル）で、朗読を録音しました。
小さな録音機で、手元から少し放しての録音です。
お話は二つ、ごく短い作品で、
饗庭孝男《あえばたかお》さんの「ヨーロッパの四季」より「カプリの夢」
それに、板垣鷹穂《いたがきたかほ》さんの「イタリアの寺」より「はしがき」です。

どちらも、紀行エッセイといったらいいでしょうか？

なかなかロマンティックな文章です。

「イタリアの寺」の方は、相当昔に出版された本です。

須賀敦子さんの本に、その一部が紹介されていて、私は、惚れこんでしまい、アマゾンの古書で見つけて購入しました。

ふたつともイタリアがらみ、それに、なかなかいい文章なので、以前、ある教室で、テキストとして取り上げたところ、年配の生徒さんたちに好評でした。

今回の録音で気になったのは、お御堂が、防音ではないことでした。はたして、外の音が入ってしまいました。

あとから録音を聴いてみて、許容範囲かな？　と思いましたので、そのまま使いました。

声楽家の友人に録音を聴いてもらいましたが、音は、気にならない、ということなので、まあ、いいとします。

もう、スタジオには行けませんし、技術者の方にも来ていただけないので、お御堂のように、音響のいい空間は、ありがたいです。

皆様、お聴きになっていただけますか？

ＨＰにも音源として、「カプリの夢」「イタリアの寺　はしがき」の二つが入れてあります。

最新の朗読です。

「カプリの夢」の方は、少し見つけにくいかもしれませんが、２部があります。
（２）となっています。（本書のＣＤでは一つにまとめました。）
それも、お聴きいただけると、うれしいです。


さあ、次は、少し時間をかけて、自作の物語「妓王」を、録音していきます。

待っててくださいね。

すっかり桜が咲きましたね。

◎板垣鷹穂　イタリアの寺より　はしがき
◎饗場孝男　ヨーロッパの四季より　「カプリの夢」⑴⑵

18　チャリングクロス街84番地

「チャリングクロス街84番地」

という本があります。

ヘレーン・ハンフ著　江藤淳訳で、本を愛する人のための本という副題がついてます。

私が持っているのは、１９８０年に講談社から発行された単行本です。

原著は、１９７０年に発売され、ベストセラーになりました。

ニューヨークに住む、貧乏な売り出し中の作家、ヘレーンと、イギリス、ロンドンのチャリング・クロスの古書店の代表者との往復書簡集です。

架空のお話ではなく、ほんとに、ヘレーン・ハンフさんと「マークス社」のフランク・ドエルさんの手紙なんです。

安価で良質の古書を求めるヘレーンさんの機知に富んだ手紙と、ロイドさんの誠

実な応対ぶりが読んでいて胸を打ちます。

この手紙のやり取りは、第2次大戦直後の1949年に始まり、1968年に、フランクさんの突然の死で幕を閉じます。

フランクさんの死後、ヘレーンさんが出版した二人の書簡集は、ベストセラーになりました。

後日談も出ています。

お芝居や、映画にもなりました。

映画は、日本では、公開されていません。

作者で主人公のヘレーン・ハンフは、アン・バンクロフト、ロイドさんは、アンソニー・ホプキンスが演じています。

DVDは、手に入ります。

私は、このDVDを友人からプレゼントされて観ました。

その感想などを、友への手紙として軽く書いてみます。

お読みいただけると、うれしいです。

友への手紙（チャリング・クロス街84番地）

〇〇〇さま

先日は、遠いところを、わざわざ訪ねて来てくださって、どうもありがとうございました。

楽しいひとときでした。

ＳＮＳをスマホでログインできるようにもしてくださって、とてもうれしかったです。

病院に帰ってからのＮＥＴ事情が、少し安心になります。

「チャリング・クロス街84番地」のＤＶＤのプレゼントも、もちろん、シュトーレンも、とてもうれしかったです。

〇〇〇さんのデモＣＤは、あれから何度も聴きました。

出だしのピアニストの方のタッチの力強さ、元シャンソン歌手らしい○○○さんの歌い出し、なにかが始まるな、と思わせる冒頭部でした。

ただ、ところどころ、歌詞がよく聴き取れないところがありました。

また、高音部がよく出ていないところも……。

でも、○○○さんが、まだ、よく練習していない、とおっしゃっていたので、練習なされば、クリアできるのだと思います。

目新しい歌詞ですし、○○○さんの、良き新曲となりますように。

「チャリング・クロス街84番地」のＤＶＤ、とてもよかったです。

冒頭部、経済的な事情で、なかなかロンドンに来ることができず、やっと来ることのできたヒロイン、ヘレーネ（アン・バンクロフト）が、車の窓から、憧れ続けたロンドンの名所を眺めるシーンでは、ヒロインの胸の高まりが聴こえてくるような、そして、若き日の私自身の、ロンドンへの憧れを思い出すような気がしました。

フランク（アンソニー・ホプキンス）の顔だけの演技は、素晴らしいです。

シャンパンの泡のように才気がはじけるヘレーンの手紙に強く魅かれながらも、フランクさんは、誠実な妻帯者です。

ヘレーネへの想いをこめて、彼女のことを思い浮かべる。

一度も逢うことのなかった二人です。

外国の俳優さんの朗読って、あまり聴いたことがありませんが、ホプキンスのさりげない小声での朗読もいいですね。

日本の昔のＴＶドラマ「日本の面影」で、ラフカディオ・ハーン（小泉八雲）を演じた、ジョージ・チャキリスが、ハーンの原作の一部を朗読しましたが、あれも、とてもよかったです。

ＤＶＤの最後で、原作にはないシーンですが、バンクロフトが、閉店した「マークス古書店」の中に入り、今は亡きホプキンスに「フランク、来たわよ！」と呼びかけるところ、明るいエンディングなのですが、胸に迫りました。
親しい人を亡くしたあと、誰もいなくなった部屋に「こんにちは！」とわざと明るく呼びかけて入って行った時の、なんとも空しいような、哀しいような自分の気持ちを思い出したからです。

よいＤＶＤを観せていただいて、ありがとうございました。
これからも、よいお仕事をなさってください。
コロナがおさまって、またお逢いできますように。
乱筆・乱文にて。

12月19日　けいこ

19 夢

明け方、夢を見ました。
職場の上司からお説教をされてました。
目覚めて、ほッ！
もうお勤めをすることはないんだ……。

明け方には、時々、夢を見ます。
家にいた最後の頃は、よく、亡くなった人が出てきました。
いよいよかと思いました。

でも、ここに来てからは、ばたりと見ません。
環境がすっかり変わったからだと思います。

最後は、田辺一鶴師匠でしょうか？

新宿で、ぱったりおあいしたら、「ごちそうするよ」とおっしゃるので、待ち合わせしたのですが、一向に現れないので、心当たりを探し回るのです。

一鶴事務所でお会いしたお年寄りたちが、たくさん出ていらっしゃるので、いやな気持になりました。

勤め先で、同僚とうまくいかなかったり、上司にお説教される夢は、よく見ます。

私は、あまりいい勤め人ではありませんでした。

それから、よく見るのは試験の夢、宿題の夢ですね。

学生時代は、生活自体が悪夢だったかもしれません。

それから、たびたび同じところへ行く夢も見ます。

最近では高円寺でしょうか？

以前、仲間と行ったラーメン屋さんが忘れられず、そのお店を探し回るんです。

何度も、夢の中で行きますが、見つかりません。

醒めてから考えてみると、高円寺で、そんなお店には行ったことがありません。

歩き回る街並みも、現実に知ってる高円寺ではありません。

幻の高円寺、幻のラーメン屋さんです。


それから、高層ビルの上層階に行って、出口まで降りたくて、エレベーターを探し回る、という夢も度々見ます。

高層ビルに閉じ込められて降りてこられなくなったら恐怖です。

現実だったら、なんとかなるのでしょうが。


ここに来てからは、暗い夢は、あまり見なくなりました。

主治医の先生が、家にいた時より点滴の輸液を減らしてくださって、その分、口

から入れる流動食にしてくださったせいが、
大いにあると思います。
体力も気力も、だいぶつきました。
たとえ、重湯と味噌汁、スープだけでも、
口から食べ物を入れるって違うんですね。
元気な間を大切にしないと……。

20 嗜好品

ここでは、部屋でお湯が使えません。
危ないからでしょう。
温かいものを飲みたいときは、ナースさんにお願いしなければいけません。
お忙しいナースさんたちは、いやな顔もせず引き受けてくださいます。
おかげで、インスタントとはいえ、モーニングコーヒーも飲めます。
ベア君たちとお庭を眺めながらです。
朝早い私は幸せです。

お昼ご飯はありませんので、お昼ごろ、私は、プリンを食べます。
弟がコンビニで買って来てくれるプリンの約半分ぐらいです。
たくさん食べてはいけないんです。

ミルクとお砂糖を落としたお紅茶を、カップ半分くらい、一緒に飲みます。

それからおやつに、梅昆布茶を飲むこともあります。
小さなチョコをひとかけかふたかけ一緒に食べます。
チョコは口にしても大丈夫なんです。

まだ口さみしい時は、酢昆布です。
なめるんです。
飲み込んだり、かんだりしたらいけません。
ちょっと怖いですね。

キャラメルやドロップも時々、なめます。
こういった嗜好品に助けられながら、また、怖い思いもしながら、私は、流動食の日々を過ごしています。

21　エディンバラのお土産　版画

エディンバラに行った時、求めた版画2枚です。

一つは「CRAIGMILLAR CASTLE　エディンバラ　コットンプリント　一部手彩色　版画」

もう一つは「AT AMALFI　コットンプリント　一部手彩色　版画　FROM 1876」と書いてあります。

ぱっと見て気に入ったので買いました。

版画のことは分かりません。お店のご主人は、品のいい老紳士でした。

お城の方は、幽霊が出そうでしょう？

AMARFIの方は、ちょうどアンデルセンが、イタリア各地を歩いて「即興詩人」を書いてるころで、アマルフィも舞台の一つですので、絵の中に、アンデルセンさんいないかな？　と思って買いました。

私の遺産です。
二人の甥に残そうと思います。

22　映画　未完成交響楽

１９３３年のオーストリア映画です（モノクロ）。

フランツ・シューベルトの交響曲「未完成」をテーマにしているということで、冒頭から、シューベルトの愛すべく、甘美なメロディー「セレナーデ」が流れてきます。

少女のころから、このメロディーが好きで、よく口ずさみました。

映画の原題はこの「セレナーデ」の最初の方の歌詞からとられたもので、「秘めやかに流れるわが調べ」なんだそうです。

フィクションですが、「未完成交響曲」を有名にした映画だとのこと。

ウイーンの街の娘たちが、シューベルトの唄を口ずさんでいるので、質屋の娘は、シューベルトはお金持ちだろう、というのですが、そうではなく、彼の曲は、楽譜を買わなくても覚えられるので、彼は貧乏なんです。

いつの時代も、アーティストは大変です。

質屋の娘さんがシューベルトに同情してくれて、彼は、いい線まで行くことができます。

彼は、伯爵令嬢と、運命の出逢いをして、ハンガリーのお屋敷まで、令嬢たちの音楽の家庭教師として招かれます。

でも、令嬢とシューベルトが恋に落ちてしまったため、二人は伯爵に仲を裂かれてしまいます。

そして令嬢は、結婚させられ、シューベルトとは、辛いお別れになります。

二人で完成を約束した交響楽は、とうとう出来上がることはありませんでした。

映画撮影のころのハンガリーの麦畑はロマンティックです。
伯爵の館も、令嬢の衣装も……。

シューベルトはどうなったのでしょう？
このあと、ハンガリーには、激動の時代が訪れるのではなかったでしょうか？
令嬢たちの運命はどうなったのか？

そして、やがて、戦争の足音が聞こえて来た時、この映画のスタッフはどうなったのか？
主演のハンス・ヤーライはじめ、キャストの人達は？

さらにいうなら、若い時代に、日本

で、この映画を観て、憧れで胸を満たした人たち、その中に、私の母もいましたが、その人たちにも、嵐の時代はやって来たわけです。

嵐は、通り過ぎて行ったでしょうか？

純粋に音楽を愛し、令嬢を愛したシューベルト、一見ヴァンプみたいですが、実はそうではない令嬢。

この映画のことを、大切そうに話す人たちがたくさんいます。

いくら時代に蹂躙されても、この映画は、関係を持った人たちの心の中で、宝石のように輝き続けたのではないか、と思えます。

宝石のような小さな、完結した宇宙です。

その中では、シューベルトの甘美なメロディーが流れ続けています。

23　妓王のCD

今、ホスピスにいます。

入院したのは、3月10日です。

ほぼひと月経ちました。

居心地はいいです。

10年位前に、病院の方に、父が入院した時、様子を見てましして、私も、病気になったら、将来はここにお世話になりたいものだと思ってました。

ここ、近隣で、とても評判がいいんです。

ホスピスは、ずっと昔、ある大人気作家だった方が入院されて以来、自分も、どうだろうかと考えてました。

昨年、末期の病気と分かり、ホスピスへの入院を勧められた時、やはり、ここがいいなと思いました。

考えてた通り、居心地がいいです。

ナースさんはじめ、スタッフの方も、いい方ばかりです。

主治医の先生も、お料理が好きな素敵な女性。

こぢんまりとした建物で、ちょっと古びてるのも、親しみやすいです。

痛みは、お薬で抑えてくださいますし、ずっと点滴だけだったのが、入院してからは、流動食も、おもゆと、具なしのスープ、味噌汁のみ、それも朝晩2回とはいえ、口から入れられるようになって、家にいた時に比べ、体力・気力が付いてきました。

このままの状態が、いつまで続くのか分かりませんが、できることをしておかなければ、と思います。

カトリックの学校を出てますので、カトリックのことは、なにもわからないとはいえ、親しめる雰囲気だといえるかもしれません。

また、若いナースさんたちと、結構合うんです。

今まで、若い方たちと合うとは思いませんでした。

昨年出版した本に、この病院のことも書きましたので、先生やナースさんたちに、少し進呈しましたが、読んでくださった方たちが、感想を述べに来てくださいます。泣きました、とか、お優しいとか、心に灯がともるようだ、とか、身に余るお言葉が多いです。

私の家族は、これまで、私の文章も、朗読も、ほとんど理解してくれなかったのに、まず、出版社に勤める甥の奥さんが、本を読んで絶賛してくれました。

家族も、少しずつ理解し始めてくれたみたいで、入院してから、私は幸せになりました。

このような健康状態になって、終の棲家に来て、幸せになるとは思いませんでした。

ただ、最大の誤算は……。

物が食べられなくなったことです。

おもゆと中身なしのスープ、味噌汁以外は口に入れられません。

それも、お昼抜きで、一日二回だけです。

口でものを噛めない、飲み込めないというのは辛いものです。

とくに私は、食いしん坊ですので。

だいぶ慣れてきた今でも、好きなパスタをこしらえて食べる夢を、よく見ます。

高級なお寿司を食べておきたかったなあ、峠の茶店のうどんを食べたかったなあ、と後悔することばかりです。

ＳＮＳの仲間の方たちは、よく好きな食べ物の写真を、載せられますが、辛いです、無視します。

お料理自慢の方には、いいかげんにしてよ、といいたくなります（ごめんなさい！）

口ざみしさは、嗜好品でごまかしますが、なかなかごまかしきれませんね。

今も、パソコンの横に、梅こんぶ茶のお湯のみと、小さなチョコふたかけを置いてます。

チョコは大丈夫なんです。

そうそう、嗜好品といえば、ワインはＯＫなんです。

午後、お部屋で、父が置いていった江戸切子の小さなお盃に、ちょっと注いで、陶然としたりします。

おつまみには、チョコがあうのを発見しました。

また、ここは、カトリックの病院ですので、こぢんまりとしたチャペル（お御堂）があります。

コロナのため、その部屋は使われていません。

音響が大変いいのに気づき、朗読の録音に使わせてもらってます。

自作の短い物語（平家物語の「妓王」の再話です）を、自分で朗読して、小さなCDにしたいのです。親しい人たちにだけ、形見として配りたいと思います。

お話は、再話とはいえ、評判がいいです。

ホスピスからは、外出ができません

し、技術者の方に来ていただくこともできませんので、音の響きのいいお御堂に目をつけました。

ただ、この部屋は、防音ではありませんので、どうしても、外の物音が入ってきます。

私の口がまわらないこともありますが、修正はできません。

仕方ありません、ホスピスのお御堂での録音だというのを、売り物（？）に」するか？　と開き直りました。

人間、開き直ると強いです。

昨年、本を出版した出版社が小冊子付で、ＣＤも出版しているとのことで、訊き合わせてみようかと思います。

「地上より永遠に（ここよりとわに）」じゃありませんが、余命というのは、お医者様にも、なかなか分からないそうです。

いつまで、ここにいられるか分かりませんが、ここを離れるまでは、仲良くしてくださいね。

24 スープ・オブ・ザ・デイ（日替わりスープ）

イギリス（だけかどうか知りませんが）で、食べ物屋さんに行くと、「スープ・オブ・ザ・デイ」

というメニューがあります。

日替わりスープとでも訳すのでしょうか？

パンは、シンプルなものが一個だけで、スープは日替わりメニュー、いかにも滋養がありそうで、トロットしてて、美味しいです。

いろいろなところで食べました。

街角のお店から、リバティーの食堂まで……。

リバティーの食堂と言っても、大衆食堂です。

女の人でいっぱい、おしゃべりの声でにぎやかでした。

イギリスは、朝がご馳走なので、おなかいっぱい食べて出かけたら、お昼は、スープとパンで充分です。

今の私の食事は、朝晩2回、朝はおもゆと味噌汁、夜はおもゆとスープです。
（味噌汁もスープも中身は入ってません）

夜は、日替わりスープなんですよ。
毎日、メニューを書き留めるようにしてます。
（忘れる日もありますが）

ここのところは
おすまし　コンソメスープ　じゃがいもスープ　エンドウ豆
かぼちゃ　おすまし　ニンジン　玉ねぎ　コンソメ　エンドウ
じゃがいも　エンドウ　おすいもの　ニンジン　コンソメ
コンソメ　グリンピース　にんじん　パンプキン　えんどう

にんじん　コンソメ　じゃがいも

以上です。

スープは、みな美味しいです。

なにも食べられない私のような患者さんが、飽きないように考えてくださってるんだと思います。

朝の味噌汁も、いつも同じ味ではないです。おや、今日は、大根が入ってるのかな？　と思うようなときもあります。

固形物が食べられない私も、ここにいると慰められます。

幸せな私です。

25　映画「ジェーン・エア」

この映画の原作は、多くの方々がお読みになっていると思います。

ブロンテ姉妹の一人、シャーロットの小説です。

１８４７年に出版されてますから、まさにヴィクトリア朝です。

それなのに、主人公のジェーンは、育ての親に反抗し、孤児院の人達に文句を言います。

ジェーンの態度は、今日の私たちから見たらもっともなんですが、あのころ、よく……と感心します。

だから、当然、ひどい目に遭うんですけれど、でも、気持ちがいいんです。

元気が出てきます。

そんなにうまい具合には行きませんけれどね。

さて、映画化されたのを観たのは……１９４３年のアメリカ映画です。

ロバート・スティーブンスン監督、ロチェスターは、オーソン・ウェルズ、ジェーンは、ジョーン・フォンテーンです。

まだごく若い頃です。新聞広告を読みました。

ジェーンの顔がアップで、バックに古い館が。

宣伝文句に「霧深きソーンフィールドの古城に……」と書いてあってしびれました。

さっそく観に行きました。

モノクロですし、ヴィクトリア朝の闇そのものでした。

おどろおどろしい闇の中で、ヒロイン、ジェーンの苦難が続く中、子役のリズが現れてはっとしたり……。

かなりほっとしたあと、ロチェスターと出逢い、結ばれるまでがまた大変です。

でも、この映画、元気が出ますね。
ジェーンが美人ではないという設定もいいです。
（ほんとは、フォンテーンは綺麗ですけれどね）
映画を観た後、しばらくは、ヴィクトリア朝と家庭教師に取りつかれました。
そういう人多かったでしょうね。
わたしにとって映画「ジェーン・エア」の定番は、上記の映画です。
これ以後の映画「ジェーン・エア」は、観ようと思いません。

26 料理人季蔵捕物控シリーズとロンドン謎解き結婚相談所

昨年秋、入院してから、自宅療養中、そして、ここへ移って来てから、ずっと読み続けているミステリ・シリーズ。

和田はつ子さんの料理人季蔵《としぞう》捕物控シリーズです。

もう何十冊出てるでしょうか？

欠本以外は全部読み終わり、6月に出る最新刊を待っているところです。

季蔵《としぞう》は、江戸時代の日本橋木原店《だな》の一膳飯屋「塩梅屋《あんばいや》」の主です。

一膳飯屋離れした素晴らしい腕の料理人の上、庶民の懐が痛まない美味しい料理を考え出し、作り方まで書いて配るので、大評判の店です。

実は、その上、訳アリの元武士で、江戸北町奉行の懐刀でもあります。

家族から切り離され、元許嫁は、心を病み、悲惨な境遇から、一膳飯屋の先代に救われたのです。

それから、料理人としての腕を磨き、温かい情と名推理、それに刀の腕で、悪をやっつけます。

というぐあいには、うまくいかないのですが。

現実には、政の世界には、いろいろありまして……。

悔し涙を飲むことも多いんです。

とても面白い本なのですが、なにしろ、美味しいお料理が次から次に出てきますので、私のようななにも口にできない身の上では、目の毒です。

一時は、欲求不満の塊になって、読むのを中断しました。

でも、食べられない、という腹がだいぶくくられてきたこの頃では、食べられない美味しいものを読む、というのも、意外にいいかもしれないと思えてきました。

なにしろ、一時は、一膳飯屋の昼餉（ランチ）、卵かけ飯や、雑炊、お粥、お茶づけにいたるまで、出てくるたびに、生唾を飲み込まなければいけなかったので……。

お話の舞台は、江戸前の美味しい魚や貝、その他の食材、ももんじ（獣肉）や鯨肉まで、青物、穀類その他が豊富な、まだいい時代だったのですね。

南蛮のお菓子まで出てきます。

上記は、角川時代小説文庫で手に入ります。

それから、この点も肝心です。

登場人物たちが、読者と、すっかり顔なじみになっちゃう点です。

「塩梅屋」先代の娘のおき玖や、やがてその連れ合いになる同心、それに下働きの三吉少年（かわいい！）季蔵の弟分の豪助夫婦、グルメの岡っ引きの松次、超グルメの北町奉行、烏谷《からすや》椋十郎《りょうじゅうろう》（実は季蔵の上司）などなど、顔ぶれの懐かしさでも、読み進められます。

その点、先輩の「御宿かわせみ」なども同じですね。

我々日本人は、ホームドラマに弱いです。

さて、ちょっと気分を変えようかと思って、翻訳ミステリを手に取りました。

創元推理文庫の「ロンドン謎解き結婚相談所」です。

アリスン・モントクレア作　山田久美子訳（山田久美子さんて、ローリー・キングの「シャーロック・ホームズの愛弟子」シリーズを訳した方では？）

今年の2月に出た新刊です。

舞台は、第二次大戦直後のロンドン。

二人の若い女性が、偶然知り合い、共同出資で、結婚相談所を始めます。

ところが、いい結婚相手が見つかりそうだと思った若い女性が何者かに殺されてしまい、こともあろうに、相談所で知り合った交際相手が、有力容疑者として逮捕されてしまいます。

こうして、端緒についたばかりの共同事業の危機に、二人の女性は結束して、調査、犯人探しに乗り出しました。

上流階級出身の子持ちの若い戦争未亡人と、どうやら元スパイらしい若い女性の二人です。

教養も育ちも違う二人が協力し合ううちに、いいムードになっていくとはいうものの……。

問題は山積みです。

この本に関しては、救われました。

美味しいものが、ほとんど出てこないんです。

大体、舞台が戦争直後のロンドンで、駘蕩たる江戸じゃありません。

食材なんか、あるはずが……。

帰りがおそくなった翌朝なんか、さしものレディーも「朝食はなにになさいますか?」という召使いの問いに「今朝はトーストと紅茶でいいわ」ですから。

慢性欠食児童の私は、ほっとしました。

このお話も、また面白いです。

続編が出るようですし、翻訳ミステリとは、しばらく遠ざかっていましたので、読んでみようと思っています。

27　テディベアの幸せ

私の子供たち、テディベアのベア君とメロディちゃんは、仲のいい兄妹です。

スコットランド生まれのお兄ちゃんのベア君は、一見女の子かと見まごう草食系男子。

山梨生まれで、体が大きく、りりしい顔の妹のメロディちゃんによりかかって、いつもうっとりしてます。

おかげでメロディちゃんは、小さいお兄ちゃんと、病気のおばちゃまを必死で守らなきゃいけませんので、ますますりりしくたくましくなります。

お嫁に行けなくなるんじゃあ……。

ベア君もメロディちゃんも、時々、哀しそうな顔をすることがあります。
その顔を見ると、おばちゃまは、胸をつかれます。
二人は、テディベアとして幸せなんだろうか？　と疑問になるのです。

年取った病人のおばちゃまなんかではなく、元気のいい子供たちのそばにいる方がほんとは幸せなのではないか？　と……。
おばちゃまは、二人が汚れたり傷ついたりすることのないよう、気を付けて大事に扱いますが、子どもたちに、もっとぞんざいに扱われて、汚れたり、痛んだりしたとしても、それが、本来のぬいぐるみの幸せというものではないだろうか？

また、私がいなくなったあと、二人はどうなるだろうかとも考えます。
二人は、いつも一緒です。
家にいた時は、寝る時も、一つのおふとんで一緒に寝てました。
いい相棒だったんです。

残されたこの子たちは、これからも、二人一緒にいられるだろうか？

どういう運命になるだろうか？

どういう人たちの手に渡るだろうか？

私が、永遠に二人を見てるわけにはいかないのですから、神様のなすがままにまかさなければいけないのですけれどね……。


毎朝、二人を、朝日の当たる気持ちのいいラウンジまで連れて行き、しばらくそこでお話しします。

「一夜明けたあとの朝日を浴びると気持ちがいいでしょう？」

そして、二人の顔をじっと眺めます。

私のかわいいテディベアたち……。

私の話を、じっと心から聞いてくれる孤独な人の友たち……。

28 映画「ショーシャンクの空に」

1994年アメリカ映画です。原作はスティーブン・キング、監督・脚本はフランク・ダラボー、出演は　ティム・ロビンス　モーガン・フリーマン　他です。

この映画のことは、なにも知らなかったんです。行きつけの美容院で雑誌「暮らしの手帖」の映画評を読むまでは。

刑務所が舞台の映画、ということで、この映画評を読まなかったら、観たいとは思わなかったでしょう。

どなたの映画評だったのか、冤罪の人の話ということで、意外に面白そうだと思いました。

もう映画館では観られなかったので、深夜映画で観たのか？　DVDを借りたのか？

　とにかく観たら、素晴らしかったです。

　主人公は、罪をかぶせられて、これでもか、といじめられて、それでもじっと耐えて、少しずつ、計画を練り、やがて堂々と刑務所を脱走、安心の身になります。

　刑務所に入れられた人たちや、出所した人たちの辛い身の上が重なり、主人公の最後の成功で、スカッとします。ストレス解消には最適の、一種のサクセス・ストーリーです。

　この映画を観た後、美容院の先生に、「これは、今まで私が観た中で一番いい映画だった」といったら、先生は握手を求めてきました。
以来、意気投合です。

「暮らしの手帖」には、いろいろお世話になりました。

住井すえさんの娘さん、増田れい子さんのエッセイに出逢ったのは、この雑誌です。

なかなかいいエッセイだと思い、朗読会で読ませていただいたり、教室でテキストとして使ったりしました。

エッセイのコーナー「素敵なあなたに」に載っているエッセイも、ほんとに素敵なお話しばかり……。

朗読会で読んだりしてます。

読者の方や、識者の方の書評も映画評、エッセイも参考になります。

お料理も……。

この美容院、もうずいぶん長くなりました。

先生やスタッフとのお付き合いも、「暮らしの手帖」とのお付き合いも……。

29　茶碗の中の幸せ

いいお天気です。

それに、世はGW。

でも私は、年中、どこへも行けません。

限られた家族以外、誰とも会えません。

出典：©YANOMAN CORPORATION
「水木しげるの大百怪 第一巻 目玉おやじ」
https://yanoman.co.jp/product/etc/100kai/N01/sc01.html

気分転換に、毛嫌いしてた作家の本を読んでみるか？

SNSの、まるで専門家みたいに本に詳しい人に訊いて、本を手に入れることにしました。

新しい世界の始まりかもしれません。

先生からお許しが出ましたので、義妹が茶碗蒸しをこしらえて持ってきてくれます。

お昼は、茶碗蒸し……ワインで一杯、ウキウキ！

ＳＮＳの友達のおかげで、ベア君とメロディちゃんたちの将来の身の振り方の目途もつきそう……。

お御堂ＣＤも制作の目途は、ほぼつきましたし、いいお天気に、いいこともあるかもしれません。

お隣のお部屋の方は、数日前に帰天されましたが、世はさまざまです。

しょせん、お茶碗の中の幸せに過ぎないにしても……。

30 ナースさんたちのこと

今日は、機智のかけらもない、ベタなエッセイです。
私は、お腹の病気で入院しています。
日記には書かないようにしていますが、時々、大変つらい思いをすることもあります。
汚い思いも……。
そういう時、ナースさんたちは、ほんとにありがたいです。
「すみませんね」と、しきりに謝りますが
「私たちは慣れてますから。これが私たちの仕事なんですよ。」
さらには「患者さんたちが、すっとなさると、私たちもすっとするんです」
といわれます。
頭を上げて、誇り高く、昂然と歩かれる姿は、まさに白衣の天使。

ありがたい方たちだと思います。
みなさん、綺麗にみえます。

31　イギリスの本　断片的思い出

庭には雨風が吹き荒れています。

ナースさんたちスタッフの通勤は大変でしょう。

でも、私たち患者は、コンクリートの建物の中で風雨から守られています。

まるで、お城の中みたい……。


昔、読んだスコットの「アイバンホー」を、思い出しました。

タピスリー（つづれ織り）って、よく昔の西洋の本に出てくる織物がありますが、
あれは、昔の石造りのお城には、隙間風が多かったので、風よけも兼ねて吊り下げられたとか……。

はじめて知った時は、ちょっと驚きました。

厚地でどっしりとした、贅沢なあの織物は、寒さ除けでもあったのか。

西洋っていっても、昔は質素だったんだなあ……。

イギリスの古典童話「つづれ織りの部屋」にも出てきます。

はじめて、本物の西洋のタピスリーを、現地で観たのは、フランスのフォンテンブローの宮殿でした。

生まれて初めての海外旅行での、オプショナルツアーです。

これが、タピスリーか、古くなってるけど、贅沢なものだな……と思いました。

ほかの国からの人も一緒で、ゴタゴタしてましたけれど、若かったから平気でした。

宮殿の部屋や廊下に、たくさんかかってました。

フォンテンブローの場合は、もう寒さ除けの時代ではなかったのでは？　と思いました。

贅沢な宮殿でした。

イギリスの本で、子供のころ初めに読んだのは、バーネットの「小公子」、「小公女」などです。

「小公子」の主人公セドリックのおじいさま、ドリンコート伯爵の、広壮なお屋敷には驚きました。

後年、イギリスを何度か訪れましたが、あれほど広くて立派なお屋敷には、なかなか出逢えませんでした。

「小公女」の方は、ヒロイン、セーラの苦労が身に沁みました。

自分も、ひもじくてたまらないのに、甘パンを、もっと貧しい子に譲るシーンなど、つよく記憶に残っています。

貴族も、インド帰りの実業家も、一歩間違えれば陥る貧困も、イギリスの現実だったのでしょう。

私にとっての、バーネットの三作目「秘密の花園」も、とても面白かったです。

インドの疫病、気候や、風土によるイギリス国内での、女の人や子供の病気、それも、現実だったヴィクトリア時代。

ホームズに初めて出逢ったのも、子供の頃です。

お誕生日に、なんでも好きな本を、一冊買っていいよ、といわれて、街で一番大きい(?)本屋さんに連れていかれて、あれこれ見て、やっと買ったのが、講談社(?)の本「バスカビルの魔犬」です。

あ〜怖かった!

魔犬の伝説はもちろん、ダートムアの荒れ地も、グリンペンの底なし沼も、登場人物の名前まで(バリモア夫妻)……。

のちに中学生になって、大人向きのホームズを読んで、夢中になるきっかけとなりました。

このほかにも、子供時代にとってもらっていた雑誌の付録などで、ディクスン・カーともおなじみになりました。

中学に入ってからは、文庫本で、クリスティーやブラウン神父などを次々に読み、ミステリが好きになりました。

フランスのミステリ、ルパンものや「オペラ座の怪人」の原作者ガストン・ルルーなども読みました。

翻訳の児童文学も、本をたくさん持っている友人の本を借りたりして、読み続けていました。

こうして、イギリスの児童文学や、ミステリは、中断していた時期もありましたが、子供時代以降、読み続けることとなりました。

また、ある時期からは、おどろおどろしい作品にも魅かれるようになりました。

狭く、うす暗い学校図書館の隅で見つけた世界ロマン文庫の「月長石」、イギリスのウィルキー・コリンズ作で、ミステリの古典です。

後に、この方の「白衣《びゃくい》の女《おんな》」にも魅かれるようになりました。

「白衣の女」や「ブラウン神父」ものに出てくるハムステッド・ヒースなど、イギリスの地に行きたいところもできました。

また、学生時代、神田の青空古本市で、イギリスの原作らしい「有罪無罪」という黒岩涙香の翻案ミステリを見つけ、しばらく翻案物を読んだこともありました。涙香は、「レ・ミゼラブル」（「嗚呼無情」）や「モンテクリスト伯」（「巌窟王」）などを、おそらく日本ではじめて訳した方です。

翻訳というよりは、自在な翻案だったようです。

そのあとは、しばらくミステリから離れ、イギリスの児童文学、フィリパ・ピアスやエリナー・ファージョン、アリソン・アトリーなどを読みました。「トムは真夜中の庭で」、「りんご畑のマーティン・ピピン」、「時の旅人」など、みんないいです。

このほかにも、いろいろ読みました。

肝心の学校の勉強では、なにを読んだのかな？　と、お叱りを受けそうな、ていたらくかもしれません。

でも、そういった読書が、もしかしたら、(少しは) 私の人生後半で、役に立ったかもしれないと思います。

32 食生活（?）の知恵

主婦の方が読まれたら、「ふん、片腹痛い」と笑われるかもしれませんが、私も私なりに、食生活の工夫をしています。

お腹の病気で、流動食（朝、おもゆ、味噌汁　お昼抜き　晩、おもゆ、具なしスープ）ですので、やはり、物足りません。

もう少し、おかずらしい味わいのあるものを、口にしたいです。

お食事の時、一緒に、お茶を飲みます。

ナースさんたちは、ほうじ茶か緑茶を持ってきてくださいますが、私は、家族に頼んで、ティーバッグの玄米茶を病院に持ってきてもらいました。

それに合わせて、お腹が空いた時飲むようにしている梅昆布茶を、一緒に飲むことにしたのです。

大成功でした。

玄米茶と昆布茶の香りが一緒になると、なんとも、いい香り、それに美味しい……。

食事に、おつゆがもう一杯プラスされてるようなものです。

おもゆとスープとお茶で、お腹にも、ずっしり応えます。

汁ものが増えて、お通じにもプラスになってると思います。

ささやかな抵抗、というか工夫です。

またお昼抜きなので、お昼には、コンビニで買うプリンをよくつまみます。

この時は、ティーバッグの紅茶を一緒に飲みますが、おやつのときにも、昆布茶を入れて、小さなチョコを一緒につまむことがあります。

チョコは、お腹の中で溶けるので、食べても大丈夫なんです。

家族のいない一人主婦のお気楽な（けれど真剣な）工夫でした。

33 メアリー・アニングの宝物

私は、お腹の病気で、流動食を摂っています。
固形物は食べられません。
それを聴いた優しい友人は、チョコレートを贈ってくれました。
チョコは、お腹の中で溶けるので、食べても大丈夫なんです。
ちいちゃな貝殻の形をしたチョコを見て、イギリスの旅を思い出しました。
ドーバー海峡にある、ドーバー城や、アランデルやルイスの城を訪れた時です。
古いお城の石垣には、ずいぶん貝の化石が付いていました。
ずっと昔からの堆積なんでしょうね。
白くて綺麗なアランデルのお城の売店は、地下にあり、広いです。
そこでお昼に、スープとパンを食べ、お土産物を探しました。
貝殻などの化石のミニチュアが袋に入ってました。

昔、「メアリー・アニングの宝物」というような題の子供の本を読んだことがあります。

イギリスのドーセットの海岸で、化石を掘ってお土産物にしていた少女の話です。

まだ、進化論が信じられてなかった頃でした。

少女は、先駆者ですね。

メアリーは、化石採集者としても、古生物学者としても、とても熱心でしたが、ヴィクトリア朝には、女性が学者として認められるのは、大変でした。

(1799年~1847年)

メアリーは、恐竜の全身の化石など大発見を続け、初期の古生物学に大きく貢献したそうです。

彼女は、47才で病気のため、世を去りましたが、死の前年には、ロンドン地質学会

出典:フリー百科事典『ウィキペディア(Wikipedia)』「メアリー・アニング」
https://ja.wikipedia.org/wiki/%E3%83%A1%E3%82%A2%E3%83%AA%E3%83%BC%E3%83%BB%E3%82%A2%E3%83%8B%E3%83%B3%E3%82%B0

の名誉会員にえらばれたそうです。

その話を思い出し、貝殻などの化石のミニチュアを買い求めました。

優しい友人のプレゼントが、楽しい旅の思い出をよみがえらせてくれました。

アランデルでは、古いホテルに泊まりました。絨毯が擦り切れたり、設備が古くなったりしてました。

そのせいでしょうか？　居心地は悪くないのに、宿賃は安かったです。

ついでにいいますと、イギリス児童文学界の大物、ローズマリ・サトクリフは、生前、この地に住んでいたようです。

アランデルに行った日は、上天気でした。

お城の門の前の小さな家で、地元のおばあさんたちが、手作りの品を売ってました。

小さな綺麗なベッドカバーを買いました。

ベア君とメロディちゃんが、家で、お布団代わりに使ってました。

本書の19ページに写真があります。

34 「遠い椿」公事宿事件書留帳

今、時代小説を読んでいます。

澤田ふじ子さん作の「公事宿《くじやど》事件書留帳」といって、京都が舞台です。

公事宿とは、上京してくる人たちを宿泊させ、民事の訴えを聞いて奉行所でのお裁きの際、弁護をする宿屋というのでしょうか……？

捕物帳で京都が舞台って、珍しいでしょう？

だいぶ以前にNHKTVのドラマだったんです。

小説より先にドラマを観たので、私にとって、登場人物の顔は、みんな俳優さんの顔です。

その点は、大先輩の「御宿かわせみ」も同じ。

京都といえば、私の憧れの地です。

行きたい行きたいと思っているうちに、とうとう行けなくなりました。

瀬戸内寂聴さんの紀行エッセイ「嵯峨野みち」などを読んでは、ため息をついています。

たまたま今日読んでいた第十七冊目の中の一話、「遠い椿」は、上嵯峨村から三日に一度、洛中に、青物（野菜）を売りにやってくる若い娘を心配する、大店《おおだな》のご隠居さんの話です。

私は、固形物は食べられませんし、野菜も食べられません。

そのため、青物、と聞くと、生唾が湧きます。

このＳＮＳにも、野菜がコードネームの方がいらして、お名前を見るたび、困ります。

その方に、罪はありませんが……。

ともかく、洛中まで野菜を売りに来る娘の嵯峨野の自宅までの帰りを、ご隠居さんは、ずいぶん心配します。
なぜ、そんなに心配するのか？　が、この話のかなめです。

上嵯峨村から京にやってくるには、嵯峨野の大沢池の南をへて、山越道《やまこしみち》、宇多野村、福王子村をたどる。次に、仁和寺の大きな四脚門の前を通り、南に妙心寺、北に妙心寺墓地をのぞむ街道をたどり、大将軍村に着く。そこから紙屋川の橋と、豊臣秀吉が築いたお土居を見て、洛中に入るのであった。

集団で来た娘さんたちは、夕刻の帰り、ばらばらで帰ります。
それが怖いんですよね。
山越道（千代《ちよ》の古道《こみち》）って、名前は優雅ですが、藪の中の路らしいんです。
年頃の娘さんたちですし、季節によっては、帰り路は暗くなります。
無頼の人達も、山道にはいます。

大店《おおだな》のご隠居さんには、昔、添い遂げられないまま、生き別れた恋人がいます。

その青物売りの娘、お杉に、その恋人の面影が濃くあるのです。

ご隠居さんは、とうとう、その娘に用心棒をつけることにしました。

大枚、月十両をはたいてです。


その用心棒に選ばれたのが、公事宿「鯉屋」の居候である主人公、菊太郎です。

菊太郎は、れっきとした京都町奉行所同心の息子なのですが、ゆえあって、父の後を継がなかったのです。

自由人として生きています。

大変な捕物名人ですので、奉行所からも、居候先の公事宿からも大切にされ、頼りにされています。

さまざまな相談事も、菊太郎のところには、持ちこまれてきます。

このシリーズは、そのさまざまな物語を取り上げます。

菊太郎の人柄もあり、どちらかというと癒し系の捕物話でしょうか？

それはそうと、この娘さんの歩く道は、私の好きな寂聴さんが、エッセイに書いていらっしゃる、嵯峨野の愛宕道です。

嵯峨野に行くことのできない私には、考えると胸が切なくなる憧れの路です。

それもあって、この作品「遠い椿」に引き付けられました。

この捕物帳の時代は、寂聴さんがエッセイに書かれた頃よりずっと前の江戸時代ですが。

今は、この路、どうなっているんでしょうね。

さて、このお話、どういう結末を迎えますか？

35　一食増えた⁉

お昼抜きの私ですが、先日、先生が「一食増やしてあげましょうか?」とおっしゃった（ような気がしました。）

「明日のお昼からよ」と、これもおっしゃったような気がしたので、お昼時が近づくと、いそいそ……。

ところが、スープはきませんでした。

代わりに、「ミルミル」が一本。


がっかりして、いっぺんにお腹が減りましたら、弟が面会にやってきました。

先日、約束したものを持ってきてくれたのです。

お刺身です。

とたんに、ほくほく顔の私。

ヒラメといかにマグロです。
ワサビ醤油で食べました。

ちょっと待って、そんなの食べて大丈夫なの？　と声がかかりそう。
そうなんです。
食べちゃいけないんです。
飲み込んだら命の危険があるかもしれません。

そこで、くちゃくちゃ、ペッ！
なんとも汚い話ですが、ナースさんに、この食べ方を教わりました。
こうしないと、食べたくても食べられない人が多いからなんだそうです。

あ～美味しかった！
食べることって、ほんとに幸せですね。
それだけに、食い物の恨みは、恐ろしいっていうのも本当だろうと思います。

最後に、うっかり、大葉を一枚、くちゃくちゃ噛んだあと飲み込んじゃったので、あわててナースさんに訴えましたら、「それくらい大丈夫ですよ。久しぶりに、お刺身が食べられて良かったですね。」と、優しい一言。
当てが外れたお昼だったけど、幸せでした。

追記：夕食の時、一杯余分に、スープが来ました。
もしかしたら、今日のお昼は、出し忘れだったのでしょうか？
コンソメと、ニンジンスープ、あ～美味しかったです！

36　退院の運び

退院することになりそうです。

なにしろ元気なので……。

入院する時には、まさか、追い出されるとは思いませんでした。

点滴は、もうだいぶお休みして、流動食だけですが、大丈夫です。

足腰に、力がついてきました。


お腹の痛みは、痛み止めの薬が、やっとあったらしく、すっかりなくなりました。

お通じの薬も、なんとか大丈夫そうです。

お薬を、しっかりいただいて飲んでいれば、一人暮らしも、しばらくは大丈夫そうです。

主治医の先生は、時々、来てくださるし、訪問看護師さんも、入浴介助の方も来てくださるでしょう。

食べ物は、重湯だけ、義妹にこしらえてもらえば、あとは、市販のもので、なんとかなりそうです。

我が家は、不便なところにありますので、一人で、ふらふら買い物に行くわけにはいきません。

日常の暮らしは、隣に住んでいる弟に、なにかと助けてもらわなければいけませんが。

私より、辛い思いをして、入院を待っている方がたくさんいらっしゃるんだそうです。

しばらく、お部屋を開けてあげないと……。

病気が治るわけではありませんから、いずれ、また帰ってくることになるのですが……。

仲良くなったナースさんたちとも、しばしのお別れですね。

退院するのが、哀しくなるとは思いませんでした。


まあ、どうせ、ここからは、外出が許されないので、退院しないと、コロナワクチンを打ちに行けないので、ちょうどいいのかもしれません。

今のお部屋は、こぢんまりしているので、時々躓きそうで怖いですが、花のお庭が眺められて気に入っています。

また、このお部屋に帰ってこられるかどうかは、分からないそうです。


コロナの様子を見たら、友人たちにも会えるかもしれません。

ホスピスから追い出されるとは思いませんでした。

月末当たり、退院することになりそうです。

帰って来た時、またお御堂が使えるかどうか分かりません。
もう少し、録音しておこうかしら？

上記を書き上げたあと、ボールペンを、床に落としました。

拾い上げようとしたのですが、手が届かなくて……。

しゃがみこんで拾おうとしたところ、机の下に入り込んでしまい、起き上がれなくなりました。

ナースコールには手が届かないので、必死で、か細い声で、「誰か～！」と叫んだところ、ちょうどドアの近くにいたナースさんが駆けつけてくださいました。

机の下の桟に、額をぶつけて、こぶができました。

しばらく、作業を中断して、額を冷やしながら、寝ていなければいけませんでした。

「これから、物を落とした時は、拾わないで、私たちを呼んでください」といわれました。

しばらく一人暮らしなので、気をつけないといけません。

37　今日は地味目で

朝ご飯のあとのお薬を持ってきてくださったナースさんが、「今日は、地味目で……」とつぶやかれました。

うん？　と思って手元を見ますと、朝ご飯の後に飲む水薬を入れるお盃があります。

ナースさんによって、毎日違うものが来ますが、なるほど、今日のは、地味メです。

そうか、ナースさんたち、毎朝こだわってるんだな、と思いました。

彼女たち、めいめいお気に入りのブランドがあるのかな？

そう思って見ると、気のせいか、今日のお

薬、いくぶんいつもより渋い味でしょうか？

お薬係りのあとに、手をふくタオルを持ってこられたナースさんは、窓の外の庭を見るなり、

「まあ、なんて綺麗なシャクヤクでしょう！　私たちも、せめて心映えは、あんなに綺麗に生きたいです」と、おっしゃいました。

彼女、模範生タイプ、なるほどね……。

ナースさんたちも、それぞれ、いろいろなことを心のよりどころにしながら生きてらっしゃるんですね。

38　買い物

我が家は不便なところにあります。
一番近いコンビニが歩いて10分。
小さなスーパーだと、徒歩25分。

長患いで、ひょろひょろ歩く私には、とても一人で買い物に行けません。
でも、家に帰ったら、おも湯以外の味噌汁、ポタージュスープ、コンソメスープ、お澄ましなどは、自分で用意しないと……。

そこで、今から、NETで、いろいろ調べています。
すでに、春のポタージュスープ一式と、コンソメスープ一式を購入しました。
どちらも、レトルトか、インスタントだと思います。
クレジット払いはしないので、買うものが、限られるかもしれませんが。

体の不自由な方も、お年寄りも、NETで買い物ができると便利ですね。
病院のスープ類は、とても美味しいのですが、さて、家で飲むスープの味は？

本も読みたいです。
書店にも図書館にも行けないので、これは電話です。
古書が買えないのが難です。
DVDも電話で。

食欲が満たされ、知的生活も楽しめないと、生きている楽しみがない

出典：©dely, Inc.
クラシル　料理レシピ動画サービス「ほっくり柔らか ナス田楽　レシピ・作り方」
https://www.kurashiru.com/recipes/a46b1135-c682-4d10-a533-fa6d8bcf1fe8

です。

本を読んでると、京野菜が出てきました。

加茂茄子の味噌田楽を食べさせてくれと、主人公が女中さんに頼んでいます。

あ~いいなあ、もう私には縁がないと思いましたが、考えてみると……。

スーパーに行くと、チューブの田楽味噌や酢味噌を売ってます。

あれを買って、なめるだけなら可能では？　と思いました。

生きてる限り、少しでも楽しめるだけ楽しまなきゃ、と思いました。

39　トイレの花子さん　ある短大の思い出

都市伝説って、「口裂け女」とか、いろいろあるようですが、これは、学校伝説とでもいうのでしょうか?

「トイレの花子さん」というのも話題になったことがありましたね。

朗読講師の仕事を初めて10何年目かに、都心のある短大から、仕事の依頼が来ました。

夜の公開講座での朗読教室です。

対象は、社会人や家庭人など、学生中心ではありません。

私の家からは、なにしろ遠いし、夜だし、躊躇もしましたが、無名の講師に、こんないい仕事の依頼は、もう来ないだろうと思い、お引き受けしました。

週一回、晩秋の2か月、せっせと通いました。

担当の方はいい方で、生徒さんの中には、講師の私を、とても気に入ってくださる方もありました。

3年目は、しとしとと雨の降り続く秋でした。

毎週、授業の日は、いつも雨……。

校舎は、鉄筋なので、中へ入ってしまえば、軍艦の中にいるみたいで、平気なのですが、電車通勤とはいえ、長時間なので、憂鬱でした。

ある日、講師の私が、授業の最後まで残ってしまい、これから教室を出て帰る、という時、寒いし、帰りは長い時間電車に乗りますので、トイレに寄っておこうと思いました。

ほかの教室は、すべて終わり、廊下は、もう薄暗くなってます。

人の姿はありません。

トイレに入ろうとすると、ザっと、水の流れる音がしました。

誰もいないはずなのに……。

私は、ぞっとして、トイレに入らず、走るようにして、1階の出口まで直行しました。

トイレは、駅で行きました。

中年になってから、講師の仕事を始めた私は、夜の学校なんて久しぶり、気味が悪かったんです。

そこの仕事は、数年間続けましたが、なにしろ遠いので、年のせいもあり、夜の長距離通勤には、疲れ果て、数年でやめました。

思えば、朗読講師の仕事を始めてから十数年経っていて、その頃が、一番、仕事が多かったのですが、肉体は、もう、ちょっとくたびれはじめて来てたんですね。

ビル街の校舎で、校庭のない、いかにも都会の学校でした。

そのあたりの学校は、みんなそうだったんでしょう。

学生の方たちとお話しすることがなく、寂しかったです。

40　○○○の牛丼

以前、朗読教室が、赤羽と池袋にあったころ、午前中、赤羽で授業、午後池袋なので、あわただしかったです。

そのため、お昼は、赤羽駅の中の○○○さんで、食べることが多かったです。

○○○さんといえば牛丼です。

サラリーマンの男性のお客様が多いので、最初は、入店するのが恥ずかしい思いでした。

でも、なんどか使ううちに、なんといっても早いので……。

慣れてしまうと、恥ずかしくなくなります。

安い割には美味しいし……。

以来、ほかの店舗にも、時々、寄るようになりました。

お値段の割に美味しいですね。

早いですし。

いろいろなところにお店があるので、あまり感心しないお店もありますけれど。

サラダもお味噌汁も、お安くつけられます。

牛丼のほかにも、いろいろなメニューがあるようです。

出典：©YOSHINOYA CO.,LTD. 「吉野家公式ホームページ　牛丼」
https://www.yoshinoya.com/menu/gyudon/gyu-don/

前に、都心に、ある講演会を聴きに行った時、お昼休みが短いので、休憩時間がとても少なく、しかも、近くに、あまりお店がないという悪条件……。

つい、すぐそばの〇〇に走りこんでしまいました。

大急ぎで、お昼をかき込みましたが、真冬ということもあり、ことさら、お店のご飯の温かさがありがたかったです。

○○○さんは、好きです。

奇跡的に、また、食べられるようになったら、ぜひ行ってみたいものです。

相変わらず、おもゆとスープの流動食ではありますが、一日三食に増やしてもらえましたので、以前ほどはお腹が空かなくなり、友人と、このような話題を語り合うこともできるようになりました。

それまでは、食べ物の話題は辛かったんです。

ちょっぴり食いしん坊の友人は、ご主人との、日曜日の礼拝の帰りに、このお店に寄ることもあるようです。

日曜の礼拝帰りのお昼は、美味しいものを食べて、のんびりしたいですよね。

41　滅亡を描く画家　ジョン・マーティン

二度目にイギリスに行ったのは、30年くらい前になります。

この時は、ツアーではなく、一人でした。

ロンドンの宿を中心に、ロンドン市内や、近郊の田舎をまわりました。

ロンドンでは、いくつかの美術館を、何日かかけてみました。

テート・ギャラリー、ビクトリア&アルバートミュージアム、ナショナル・ポートレート・ギャラリー、レイトンハウス・ミュージアム、ウォーレス・コレクションなどです。

テート・ギャラリーは二度目です。

ウィリアム・ブレイクの奇想、ターナーの壮大で霞むような絵、ラファエル前派の色彩の美しさとロマン、どれにも心を打たれました。

会場の片隅で、ふと目に留まったのが、色のついていない、やや小型の絵でした。

版画だったのかもしれません。

ノアの洪水や、バビロンの滅亡、ソドムとゴモラなど、世界や都市が神の怒りに触れて滅びる時の状景のようでした。

ノアの洪水など、最後に地上に残され、これから濁流に呑まれていく人たちの気持ちになり、怖くなりました。

このような絵ばかり並んでいますので、いやでも記憶に残りました。

どういう画家なのだろうと思いましたが、以後、調べてみることもなく過ぎました。

最近、趣味人に書いてみようかなと思いました。

ＷＩＫＩを見ただけですが……。

出典：フリー百科事典『ウィキペディア（Wikipedia）』「ジョン・マーティン」
https://ja.wikipedia.org/wiki/%E3%82%B8%E3%83%A7%E3%83%B3%E3%83%BB%E3%83%9E%E3%83%BC%E3%83%86%E3%82%A3%E3%83%B3

1786～1854、イングランド最北部、ノーサンバーランド州に13人兄弟の末っ子として生まれたそうです。

肖像画を見ると、繊細そうな顔です。

絵の技法を学んだあと、ガラスや磁器の絵付けに従事し、23才の時からロイヤル・アカデミーに出品しました。

画面一枚に壮大な風景を描き出し、それによって天変地異の圧倒的な力や破局的な様相を現出させている画風で注目を集め、人気作家となりました。

その後、都市計画や発明に関わるようになってから破産同然となったそうです。

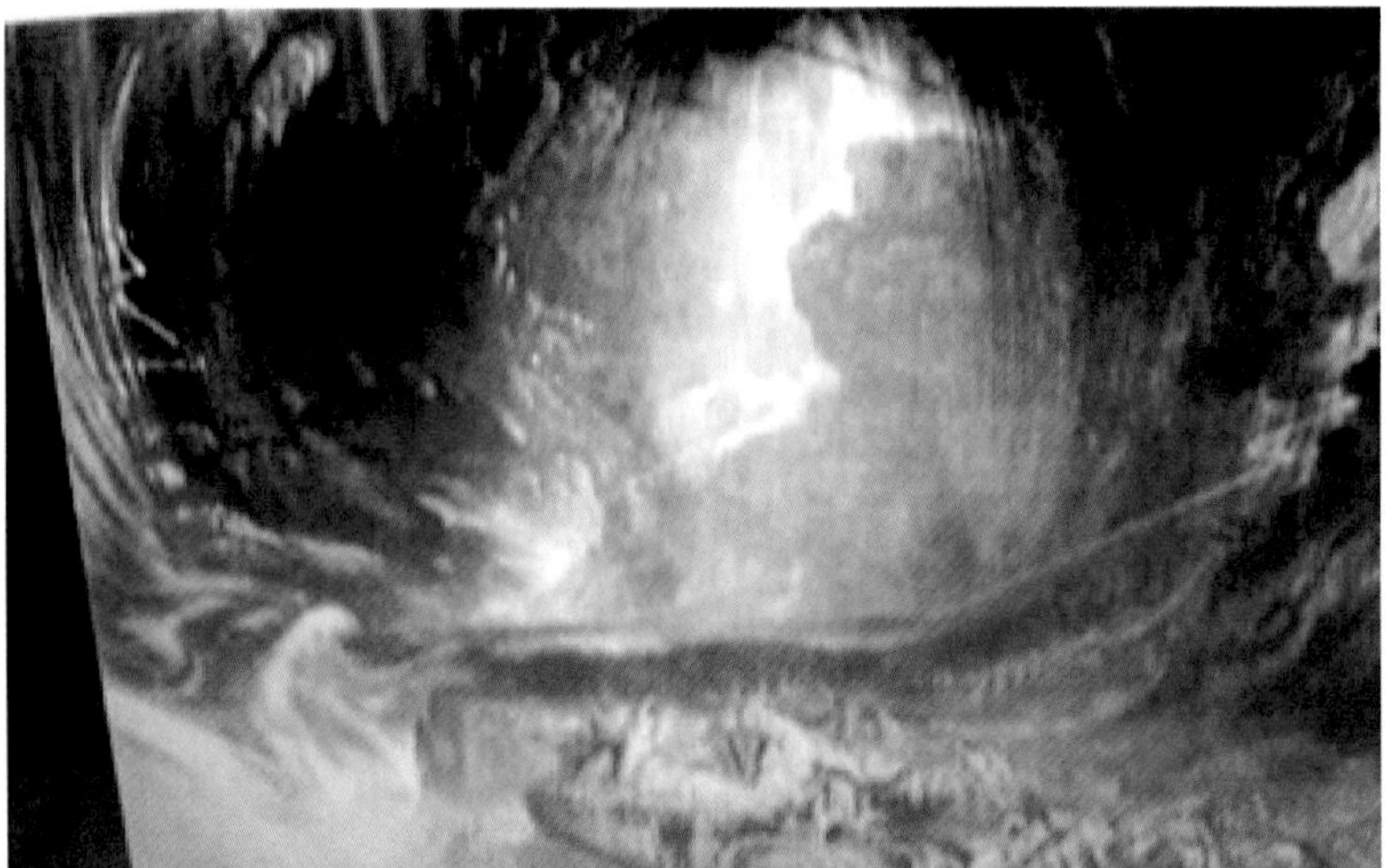

アーティストは、いつの世も大変です。

世界の滅亡の絵など、買う人がいるのだろうかと思うのですが、当時、人気があったそうです。

私はほしくありませんが……。

このような絵が流行る潮流があったのでしょうか。

世界の滅亡になど、遭遇したくありませんが、今の地球や世界の状況を見ていると、誰しも、ありうることかもしれないです。

ほっとくつろぐ居間の壁になどかけたくないと思いますが……。

旅先で、たっぷり時間をかけて、美術館を見て回るのはいいことですね。

未知の世界が観られます。

特に、海外には、めったに行きませんから。

42　美食三昧

24日に一時退院してきました。
そして、昨日は、美食三昧……。
朝は、かぼちゃと人参のポタージュ、
昼は、嚥下食の牛丼、
夕食は、（インスタント）茶碗蒸しと、いか刺身のチューイング。
もちろん、毎食、重湯が付きます（義妹がこしらえてくれます）
スープ類は、レトルトやインスタントを、自分でこしらえます。
いかのお刺身は、たまたま冷凍庫にありましたので……。
牛丼は、傑作。
ホスピスの先生が、試食会で食べてごらんになったそうで、ちゃんと牛丼の味がする。

大丈夫だと思うけど、気を付けて食べなさい、ということで、大喜びで、NETで購入しました。

形態はともかく、一口食べたら、たしかにお味は牛丼ですので、涙が出そうにうれしかったです。

これから、嚥下食、柔らか食などというものが、もっと改良されると、私のような患者さんたちは、幸せになれるのですが……。

チューイングにも救われます。

噛むだけなのですが、結構お腹が膨れて、食べたような気持ちになれるのです。

しばらく自宅生活が続きますので、お腹をこわさないよう、注意しませんと……。

43　東京ラブストーリー　タンメンとプリン

２０２１年（令和３年）５月27日（木）の某新聞夕刊「オトコの別腹　おんなのイケ麺」のコラムに、スーラータンメンとなめらかプリンが取り上げてありました。

タンメンを取り上げたのは、俳優（女性）の瀧本《たきもと》美織《みおり》さん。

一番お好きな麺だそうで、お気に入りの細い麺「柳麺」に、とろっとしたお汁の酸味と卵の甘みが絡んで、バランスがいいんだとのこと。

揚州○○という、東京、千葉、埼玉、神奈川に店舗を持つお店で食べられるそうです。

私は、ずっと以前に、場所はどこでだったか忘れましたが、このお店に入ったことがあります。

タンメンではなく、ラーメンを食べたと思うのですが、塩ラーメンみたいなさっぱりした味でした。

ラーメンていっても、いろいろあるんだな、って思いました。

もっとも、このお店、ラーメン屋さんていうより、中華料理店という方がいいんじゃないでしょうか？

ずっとあとになって、別の店舗で、少しお料理を食べましたが、なかなか美味しかったです。

ここのスーラータンメンがお気に入りだという美織さんは、なかなかいいことを言ってらっしゃいます。


立ちこめる湯気の中でせわしなく動く料理人さんを横目に、大勢の人でにぎわう店内で食べるのって楽しくてあったかい。

特別なシメです。

食べるって幸せで生きることそのもの。悲しくてもおなかはすくし、泣きながらでも食べたら少し元気になるじゃないですか。

美織さん、そうですよね。食べることって、幸せそのものですよね。

食べられなくなって、あらためてよく分かりました。

食いしん坊だなんて言われて恥ずかしがることなんかないです。

食べるのが好きな人には、生命力があります。

私も、病気になる前には、困ったことが起きると、えい、食べた後で考えよう、とばかりに、ご飯の支度をはじめちゃったりするようになってました。


俳優（男性）の田中俊介《たなかしゅんすけ》さんは、プリンが大好きとのこと。

子供の頃出逢って、ほれてしまったのは、メイトーのなめらかプリン。

そのなめらかさは、衝撃だったそうです。

男の別腹……なるほど。

私は、プリンは好きなのですが、やむを得ず食べているところもあります。

固形物が取れなくなってから、最初に、主治医の先生に公認されたおやつがプリンなんです。

おもゆとスープの流動食を、日に二度だけだと、どうしても、とくにお昼にお腹が空きます。

そのため、食事が三度になるまでは、お昼の食事はプリンでした。

ミルクティーをそえていただいてました。

物足りないですが、仕方ありません。

とろーり甘くて、とても美味しいですけれどね。

今は、食事が三度になり、以前ほどの飢餓感（？）はなくなりました。

タンメンもプリンも大好きな、「keiko の東京ラブ・ストーリー」でした。

44 介護食いろいろ

今日、主治医の先生が自宅に診察に見えました。

そして、教えてくださったのですが、あの○○屋が、今度は、介護食のうなぎを出したそうです。

驚きました。

そして、先生がお帰りになったあと、介護食のいろいろなサイトを見てみると……。

今や、いろいろな食べ物が食べられるようになってます。

うどんや、お寿司までがあるのには、驚きました。

どちらも、もう一生、縁がないとばかり思ってました。

食パンもあります。

もっとも、私に食べられるタイプの介護食でないとだめですが（舌でつぶせるタイプです。）

お寿司は、今のところ、押しずしと五目チラシで、握りではないようです。

このように、早いスピードで、介護食が改良されていくと、食べられるものが、どんどん増えていくでしょうね。

病院に帰ったら、もう食べられませんから、家にいる今のうちに、美味しいものを食べておかないと。

でも、あまり急いで、パクパク食べたら、お腹を壊してしまいます。

まず食べたいものを選んで、じっくりと……。

うどんとお寿司あたりから。

それに、美味しい介護食を頂くのは、一日一回、お昼だけにして、朝と夜は、今まで通り、スープにします。

そうでないと、病院に帰ってから、辛くなりますから。

（いくら美味しいといっても、介護食は介護食です。健康な方が召し上がっているのものとは、歯ざわり舌ざわりその他、いろいろと違います。

でも、基本的に、味は同じだと思います。）

それから、介護食は、ドラッグでも売ってるそうです。

今日、弟が、舌でつぶせるタイプの雑炊をドラッグで買って来てくれました。

早速、明日のお昼に食べてみようかと思っています。

カニ雑炊にしようかな？

雑炊なんて久しぶりです。

また、食べ物の話題になってしまいましたね。

45　イギリス、イギリス（1）

子供の頃、「小公子」だったのではないかと思うが、イギリスを舞台にした児童文学を読み、イギリスに憧れるようになった。

その後、イギリスなどの外国の児童文学やミステリを読んで、ますますイギリスに憧れた。

私のようなパターンでイギリス好きになった方は多いと思う。

子供時代や、学生時代は、まだ、自由に外国に行ける状況ではなかったので、私のイギリス熱は、ますます燃え盛った。

とうとう、大学を卒業して、数年勤めたあと、ヨーロッパツアーに参加することに

した。

ギリシャ、イタリア、スペイン、ポルトガル、フランスを、2週間かけて回り、その後、イギリスはウェールズの首都、カーディフ郊外の街で、2週間のホームステイによる語学研修、という日程だった。

小さな旅行会社の主催だ。

迷ったが、大陸を2週間、私の本命のイギリスを2週間というわりに、高くない。勤め先は、正社員ではなかったので、休ませてくれるという。

チャンスだ、と思い、参加することにした。

ツアーに参加しているのは、若い女性が多かった。

自営業や、フリーで働いている人たちで、当時は、正社員として働かない人も多かった。

旅立ちの日、ギリシアで戦争が始まった。

飛行機の足元がスースーするが、旅行会社の人達は、出発を決めた。

ギリシャで降りず、ローマへ直行するという。

南回りだった。

香港やニューデリーをまわり、ローマまで22時間かかった。

香港では、空港内の窓から、街の夜景を眺めた。

ニューデリーでは、サリー姿の女性検査員にボディチェックを受けたが、股間までチェックされたのには驚いた。

機内の加湿が、当時は、まだ充分ではなく、鼻風邪を引いたような気分になった。

（この症状は、到着したら、治った。）

いろいろな空港で、降りて、空港内を見られるのはいいが、途中下車が多いので、なにしろ疲れた。

ローマの空港で、ようやく地上に降り立ったが、初めての海外旅行で、緊張しているため、22時間ほとんど寝ていないせいもあり、体が、まるで船に乗ったあとのように、ぐらぐら揺れていた。

46 イギリス、イギリス（2） ローマ

ローマのホテルに入って驚いた。

フロントの男の方が、ひどい日本人嫌いだったのだ。

私は、こういう人に、生まれて初めて会った。

まったく私たちを無視している、話しかけても、応えるどころか、目を合わそうとしない。

ほかの方が応対してくださったが、あの男の方は、その後、無事にそのホテルで勤めていかれただろうか？

ギリシャの行程がなくなったので、最初の数日、ローマでの予定はなかった。

ツアーの同行者は、若い女性が多く、東京からローマまでの機上での時間が長かったため、すっかり和気あいあいになっていた。

中に、旅慣れた方があり、その方が、翌日、市電に乗って、私たち5～6人のグ

ループを、バチカンまで連れて行ってくださった。

おかげで、システィナ礼拝堂の天地創造を見ることができた。

フォーロロマーノやコロセウムにも行ったように思う。

途中でロマの人たちも見かけた。

トレビの泉やスペイン階段にも行った。

ガイドさんがついてだが、カタコンベにも入ったと思う。

ホテルへの帰り、グループで歩いていると、後ろを、ぞろぞろ、ローマの少年たちと思われる若者たちが着いてくる。

口笛を吹きながら、軽口を飛ばしなが

ら、どこまでも……。

若い女性がほとんどなので、ちょっと怖かった。

ホテルの夕食は、滞在中の数日間、毎日同じ、固いお肉のステーキだったが、誰も、夕食に外へ行こうとは言いださなかった。

旅行会社のオプショナルツアーもあった。

バスによるナポリとポンペイの観光だ。

ナポリで、地元の歌手の方の唄を聴きながら昼食。

ナポリ湾の眺めはたいしたことはなく、歌手の方の唄も、昼食も、今一つだった。

そこから、バスに乗って、ナポリの下町を車中から眺め、一路ポンペイへ……。

これが長かった。

延々とバスは走る。

古代ローマ軍団が行進したというアッピア街道ではないか、と思い、ゆっくり観たいのだが、睡眠不足の日も多くて、なにしろ眠い。

バスの中はお休みタイムとなり、寝ぼけ眼でのポンペイ観光は、やや印象が薄くなった。
ツアーは、あまり性に合わないと思う。
でも、同行の方たちと少人数で、いろいろ動き回れてよかった。
カフェ・グレコとかいう素晴らしいカフェに入ることもできた。
ツアーでの団体行動より、よほど多くのものを見られた。
また、初めにローマの街へ入った時、夾竹桃が多いな、と思ったのを覚えている。

47　イギリス、イギリス（3）　スペイン・ポルトガル

次は、スペインです。

スペインに関しては、不思議に、ほとんど記憶がありません。

首都のマドリッドに行っただけですが、王宮を観たのと、プラド美術館に入って、ベラスケスの王女様の絵を観たことくらいしか覚えていません。

闘牛も観てないと思います。

次に行くポルトガルにも闘牛はあり、そこでは、牛を殺さない、と聴いたので、マドリッドでは観なかったのでしょう。

それにしても、私、ほんとに、半分眠りながら観光して歩いてたのでしょうか？

もう少し、記憶が残ってるといいのですが……。

リスボンに飛びましょう。

地味で質朴な、いい街でした。

こぢんまりした街を、グループで歩きまわり、小さな安物の指輪を同僚や友人たちのお土産に買ったり（これは大変喜ばれました）、小さな金属のミルクピッチャーを買ったり。

また、ここ、リスボンの街では、私にとって、忘れられない出逢いがありました。

このエピソードについては、私の著書「keiko のスクラップブック　エッセイと物語」の12ページに「忘れられぬ人」という題で書きました。

ご興味のある方は、私のＨＰのトップページをご覧ください。

http://ksh.arrow.jp/

海の見えるところにも行き、エンリケ航海王子の記念碑など観ました。

リスボンの街並みは忘れられません。

明日は、パリに立つという晩、私は、そっと部屋を抜けだしました。

いつも模範生ではつまらなかったのです。

ホテルの外へ出て、近くのパブだかカフェだかに行きました。

ビールを一杯飲んで、しばらくカウンターに腰かけてました。

東洋の少女（?）を、厳しい目で見てる人もありました。

しばらく、お店にいて、ホテルに帰ってくると……。

ロビー上階は、結婚式の披露宴みたいでした。

綺麗な服を着た女性や男性が、バンドの人達の演奏に合わせて踊っていました。

私を見ると、おじいさんが、誘いました、「踊れ、踊れ」というわけでしょう。

私、大学の体育の授業で、社交ダンスを習ってはいましたけれど、まだ実地ではためしたことがなく、踊れませんでした。

でも、楽しかったです。

私たちのホテルのロビーは、古式ゆかしいロビー

でした。

ポルトガルが、昔、大国であったことを忍ばせました。

趣ある、ポルトガル最後の夜でした。

そうそう、闘牛ですが、現地のガイドさんに連れて行ってもらいましたが、なぜか、このおじさん、我々に、「プレンティーオブビッグポケットに気をつけろ」というのです。

すぐわかりました、大きなポケットじゃなくて、ピックポケット（すり）が多いから気をつけろと言ってるんですね。おかしくなりました。

48　イギリス、イギリス（4）　パリ

パリにやってきました。
パリの日程は短いです。
着いた日と立つ日を入れて、3日間。
オプショナルツアーも多いですが、こなせるでしょうか？
最初の日はどこへ行ったかな？
昼間は仲間の人達と数人で、街角のカフェでお茶を飲んだように思います。
私は、コーク。
ああ、パリのカフェなんだ、とドキドキ。
ほかのテーブルの人達の飲み物、なんだろう？　美味しそうだな。
緑色の飲み物です。
後で考えると、緑は瓶の色で、中身は、水だったかも……（ペリエ）。

スカートにコークをこぼしてしまいました。

あわてて、ボーイさんを呼んで、お水をもらい、ハンカチで拭きました。

しばらく、カフェで、ぼーっとしてました。

夜は、オプショナルで、シャンソニエに行こうと思っていたら、一行の中にいた中年姉妹に「もっといいところがあるわよ、行きましょ」と誘われました。

二人で学習塾を経営してるんだそうです。ずいぶん海外旅行の経験が豊富そう。

どこへ行くんだろう？　と思ってついていくと、エッフェル塔でした。

夕刻でしたが、まだ明るい夏のパリです。

屋外の展望台に上り、眼下にパリ市街を見下ろしました。

それから、ゆっくり、そこに立ち尽くして、暮れ行くパリを眺めてました。

すっかり暗くなるまで……。

夏なので、寒くないし、緯度の高いパリは、暗くなるのが遅かったんです。

気持ちが広々としましたし、いい経験でした。

以後、ほかの土地に行った時も、似たようなことをしてみました。

このお二人は、いいことを教えてくださいました。

翌日の昼間は、仲間の何人かの人たちと、メトロに乗ってどこかに行きました。

ルーブルだったのかもしれません。

とにかく人が多くて、お目当ての絵を2~3、ただ、観たというだけ。

途中、乗換駅を間違えて、おたおたしましたが、ひとりだったら、パニックだったと思います。

また、オプショナルで、フォンテンブロー宮殿と、バルビゾンに行きました。

バスで行ったのだろうと思います。

フォンテンブローは現地のガイドさんが付いてましたので、よく分からないながら、初めて見る、ヨーロッパの昔の宮殿の豪華さには圧倒されました。

古びたタピスリーがたくさん壁や廊下にかかってまして、とてもうれしく思いました。

フォンテンブローも、まして、バルビゾンは、まあ、人が多くて……。

とくに、バルビゾンは、なにを観たのか、よく覚えてません。

ツアーはいやですね。

ヨーロッパは、バカンスの季節なので、観光シーズンですし。

その夜は、どなたかに誘われて、セーヌの観光船「バトームーシュ」に乗りました。

ライトアップされる、セーヌの川辺の由緒ある建物を眺めながら、ディナーです。

ツアーに参加してから初めての、美味しい食事だったかもしれません。

コースの最後は、チーズ。

大きなチーズの上にお酒がかけられて、蝋燭の火がうつされました。

あの時が、私のナチュラルチーズ初体験だったかもしれません。

パリでは、お土産を買いたかったのですが、時期はバカンス、お店のお休みが多くて……。

素敵なお店のウィンドウを眺めながら、指をくわえていることが多かったです。

シャネルの口紅が意外に安くなってましたので、同僚や友人のお土産に、少しまとめて買いました。

パリらしいものといえば、それくらいでしょうか。

旅慣れた皆様は、もうよく分かっていらっしゃると思いますが、これから、パリに行かれる方は、くれぐれも、バカンスの時期はお避け下さい。

さて、翌日は、早くも、パリとお別れです。

49　イギリス、イギリス（5）　ドーバー海峡からウェールズへ

パリを立ち、一路イギリスへ、といっても、その前にドーバーまで行きます。はっきりとは覚えていないのですが、多分バスで、ブーローニュというフランス側の港町まで行き、そこからフェリーで海峡を渡りました。

ユーロスターなどない昔です。

フォークストンというイギリスの港まで、ラウンジで、一行の人達と一緒にいたと思います。

ラウンジなどという優雅なものではなく、大衆的な船室だったように思います。

ヨーロッパ（大陸）のどこかの国から来られた方々でしょうか？　合唱をしているグループもありました。

「あ、崖だ」という声で、その方を見ましたが、その崖は、折からの曇天のせいもあるのか、あまり「白い」崖とは思えませんでした。

最初の失望です。

その失望は、イギリスへ渡ってから、度々私を襲ってきました。

大体、ドーバーの崖は、真っ白じゃありません。グレーというのか、白黒まだらというのか。

ずっとあとになってから、同じイギリスのサセックスの、セブンシスターズという海岸の名所に行きましたが、ここの崖は、真っ白で見事です。

さて、フォークストンから、今度は列車で、ロンドンまで行きました。

右手の窓に見える〝イギリス〟は、決して私が夢に見てきたイギリスじゃありませんでした。

産業革命のころに建てられたものではないかと思われるような産業労働者向け？　のレンガ造りの

建物。

本で見たことがあるだけですが、似てました。

イギリスの家って、こんなのかなあ、と気が重くなりました。

車窓から眺める景色も、田園風景とはいいにくいし……。

イギリスに滞在していた間のお天気のせいもあるでしょうね。

ずっと曇りで、時折、雨がぱらついて。

イギリスの夏は、日本に比べて、涼しく、過ごしやすくはあるのですが。

その点、この時から数十年後に再度渡英した時は、春先にもかかわらず、お日様が燦燦と照り、花が咲き乱れて、イギリスは、まったく別の顔で私を迎えてくれました。

分からないものです。

ロンドンでいったん下車したと思います。

バスの車窓から、主な倫敦名所を観光。

そして、列車でウェールズへ。

団体旅行は、忙しいです。

50　イギリス、イギリス（6）　カーディフにて　英国風朝食

ウェールズの首都カーディフの郊外に、私たち一行は、ばらまかれました。

数人ずつ一組で、いくつもの家に泊まって、英語の勉強をする予定でした。

2週間です。

一行の3人の方と一緒にステイファミリーの家に落ち着くと、そこの女主人に謝られました。

「私たち夫婦は、共働きなので、夕食は出せません」

もう大きくはありますが、子供が何人もいるそうです。

イギリスの家庭料理を楽しみにしていた私は、がっかりしました。

そして、さっそく夕食の苦労が始まりました。

街の飲食店は、どこも、6時位には店を閉めてしまうのです。

うっかりしていると、食いはぐれてしまいます。

早めに適当なお店を見つけて駆け込むか、インドレストランなど、割合遅くまで開けている店に入るか……。

小さいスーパーみたいな食料品店までが、早い時間に、店を閉めてしまいますので、少しものんびりしていられませんでした。

日曜だけは、どのお店もお休みなので、といって奥さんが夕食をこしらえてくれましたが、カレーライスでした。

日本の家庭のどこでも普通に食べている料理です。

「日本人は、カレーが好きだそうなので」と言ってましたが、このご夫妻とは、いろいろと食い違いを感じました。

持って行ったインスタントラーメンをこしらえてご馳走しますと、変な顔をしてました。

日本人を迎え入れるのは初めてなんだそうです。

私は、とうとうイギリスの家庭料理を食べることは、できませんでした。

今日にいたるまでそうです。

東京のイギリス家庭料理店で、少し食べただけです。

もっとも、これから言いますが、朝食は別です。

御存知の方も多いと思いますが、イギリスの朝食は、素晴らしいんですよ。

フル・ブレックファストともなると、トースト、シリアル、紅茶、コーヒー、ミルク、ジュース、ベーコン、卵料理（好みに料理してくれます）、ソーセージ、焼きトマト、野菜、果物などなど。

お腹いっぱいになります。

数年前に出かけた時までは、食べてましたけれど、もう、今の年齢では、こんな朝食、食べられないのでは？

もっとも、朝、こんなご馳走を出してもらっても、夕食は、ちゃんと食べないことには、どうにもならないので、落ち着くまでは大変でした。

そして、もっと大変なことが待ち構えてました。

51　イギリス、イギリス（7）　マフェット嬢ちゃん　帰国へ

大変なこととは、英語教室がなくなったことです。

先生が、急に都合悪くなり、代わりの先生が見つからないのだそうです。

大問題です。

みんなで考えましたが、ステイ先のおうちはさまざまで、来客の多い、なかなか裕福なおうちにいかれた方もあり、そういう方は、「私、先生について勉強しなくても、お家にいて、お客様とお話ししてるだけで、勉強になるわ」という方があったり、勉強がないなら、旅行して回る、という方もいました。

私は、どうしようかと思いましたが、ツアーで親しくなった方から、湖水地方の旅に誘われたり、ロンドンで働いている友人が来ないかといって来たり……。

結局、勉強は諦めました。

あきらめたといっても、そうせざるを得ないわけですが。

ロンドンでバスに乗りましたが、バスではいやな思いをしました。

以後、ロンドンに行った時は、地下鉄かタクシーで移動することにしました。

また、ロンドンの友人とはうまくいかなくて、ここでも、辛い思いをしました。

湖水地方に誘われた友人とは、うまくいきました。

アンブルサイドという町に二泊三日して、あたりを見て回りました。

湖を見たり、ワーズワースのお家に行ったり。

でも、その時は、まだビアトリクス・ポターの家のことは、あまり日本では宣伝されていなくて、いけなかったのは残念でした。

帰国した途端、ＮＨＫが取り上げたり、ある雑誌が大々的に掲載したり。

後年、何度か行きましたが。

この時、湖水地方のお菓子、「ケンダル・ミントケーキ」を知りました。

日本の薄荷糖みたいな爽やかなお菓子です。

後年、ロンドンのスーパーで買ったのが、とても美味しかったです。

この夏は、日本人の私には寒く思えました。

シャワーのお湯の温度の調節が難しく、寒いので、カーディガンを着て休みましたが、夜中にトイレに起きました。

廊下に出ると、泊まったB＆Bの灯は、もうすっかり消えています。

仕方なく、階段を這って、上階のトイレまで行きました。

翌日は、睡眠不足です。

現地での人たちのバスツアーに参加して、湖をまわりましたが、途中、うとうと……。

どうも、この旅は、そういうめぐりあわせでしたね。

この時、同行した友人とは、日本に帰ってからも、長くお付き合いすることになりました。

この他、カーディフ城を見たり、カーディフの街を歩いたり……。

ステイ先のウォルシュご夫婦は、私たち遠来のお客様のことを気の毒だと思ってくれたのでしょう。

ウェールズを発つ前に、家族全員とのお茶会を設定してくれました。

客間に集まって、お子さんたちを紹介されました。

二男二女で、上から、コリン、クリストファー、シリル、ジルです。

コリンは、お医者さんの勉強をしているようでした。

また、末娘のジルは、絵が好きだそうで、色鉛筆で綺麗な絵を描いて、私にプレゼントしてくれました。

マザーグースの「マフェット嬢ちゃん」の絵でした。

そうそう、このほかにも、家族の一員がいました。

犬のカトゥルスです。

カトゥルス君は、公園をみんなと散歩中、川に入りたがって、顰蹙を買ってました。

後に、イギリスの犬たちは、水浴びが好きなんだと知りました。

一家とは、住所を交換して、和気あいあいとお別れしました。

多くの方々は、外国への観光旅行には、夢を求められるのでしょう。

結局、この時のイギリス旅行は、私にとって、夢の国イギリスには出逢えなかったことになるのでしょうか。

純粋な観光旅行ではありませんでしたからね。

地味で質朴なイギリスの現実の（一端）にいきなり触れてしまったわけです。

夢のイングランドには、後年の旅行で、大いに触れることができましたけれど。

うまくいかなかった、いろいろなことも、後年の旅行の役に立ちました。

ロンドンからの帰りは、北回りで、アンカレジの免税店で家族へのお土産を少し買って帰りました。

大体ひと月間の旅でした。

52 今日の朝ご飯

今朝のご飯です。
○○家さんの介護食のウナギかば焼きです。
贅沢ですね。
小さいけれど、とろけるように美味です。
卵かけご飯とは、もう、一生縁がないと思っていました。
(ご飯も介護食です)

2021年6月21日(月)

53　イングランドのアンティーク

若い頃、はじめてイギリスに行った時から、イギリスでアンティークを買うのが夢でした。

夢は、やっと、最後のイングランド旅行の際にかなえられました。

ルイスという小さな城下町のアンティークショップでです。

二階建てのお店に、アンティークがぎっしり、まるで、アンティークのデパートみたい。（いや、倉庫か？）

ありとあらゆるアンティークが置いてあり、狂喜乱舞して観て回りました。

楽しかったけれど、あ〜疲れた！

でも、おかげで、念願のアンティークらしきものを、手に入れることができました。

キューピッドの矢の形をした銀のブローチ、地味な色の大きなガラスのスカーフ止め、どちらも、もちろん、ガラス玉です。

それに、VICTORIAN? と書いた値札が下がっている拙い水彩画。

昔のイギリスには、水彩画を描く方たちが多かったようですから、アマチュアの画家が描かれたのでしょう。

絵には、「EAST DEAN」という地名が書かれていて、実在の地名だそうです。

最後は、小さなフォーク、銀ではありません。

小さな絵が彫り込んであります。

日本では見かけないものではありますが、イギリスでは、割合見かけました。

高価ではありません。

やっと見つけたアンティークにホクホクしました

が、疲れ切ってしまい、ここルイスでは、ほかには、ルイスのお城から、これも念願だったサウスダウンを眺めるだけしかできませんでした。

アンティークの写真をご覧ください。

ビンテージものなんかじゃありません。

そんなのとても買えないです。

この宝物、甥の子供たち（二人とも女の子です）に、おばちゃまの形見として残していきたいと思います。

54 うふ・プリン

暑い盛りの昼下がり、友達がお見舞いを持って、はるばる訪ねて来てくれました。
卵の箱を開けると……あらら、プリンが！
可愛い、お洒落〜
ありがとう。

このところ、ＨＰのエッセイの更新を、あまり頻繁にしなくなってます。
心配してくださる方たちがあります。
ありがとうございます。
体調が悪いからではなく、ＣＤ＋ブックの制

作準備に本格的に取り組もうと思っているためです。
文章を書き始めると、夢中になって、ほかのことがお留守になるからです。
エッセイの更新は、ぼちぼちやっていきます。
どうか、待っててください。
CD+ブックは、涼しくなるころには、なんとか……と思ってます。

55 アメイジング・グレース

音楽がお好きならご存知の方が多いと思います。

アメイジング・グレースという歌がありますね。

いろんな方が歌っています。

私の友人の歌手も歌っています。

無名の人です。


ご主人と二人、ご主人の唄の教室の生徒さんたちを中心に集まって、夜ごと、練習を兼ねて歌う小さなお店を経営してきました。

いつのころからか、私は、そのお店で歌の代わりに朗読をさせてもらうようになりました。

長い間通いました。

ほんとに長い間、ずいぶん勉強になりました。

マスターとママは。大変な苦労をしながらこのお店を続けてきました。

そして、二人の人柄と音楽の魅力で、お店は、繁盛しました。

そのお店は、昨年の春、店を閉じました。

今、お二人は、やっと、しがらみから解放されて、音楽を楽しんでいらっしゃるようです。

私、彼女の、苦労をはねのけるように歌うパワフルなアメイジング・グレースが好きです。

私のお葬式では、彼女の「アメイジング・グレース」を会場に流してもらいたいと思っています。

56　物語「妓王《ぎおう》」

「平家物語」に基づく

平家の威光は都を被《おお》い、平氏にあらずんば、人にあらずとまでとりざたされた頃のことである。都に一人の白拍子《しらびょうし》がいた。名を妓王という。そのみめかたちの美しさと、舞のうまさとでは、右に出る者がないと言われた。妓王が歌い踊る時には、多くの者たちが群れ集《つど》い、噂は噂を呼んで、いつしかその評判は、時の太政大臣、平清盛の耳にまで達したのである。清盛入道は、この時、天下を掌《たなごころ》の中に握り、一門の権勢は揺るぎもなく、何一つかなわぬ望みはないといった、得意の絶頂にあった。館にある時は、興のおもむくままに、どのような遊びでもできた清盛は、少々退屈していた所である。

「ほほう、舞の名手。みめうるわしく、うぐいすのような声で歌うとな。おもしろい、屋敷へつれてまいれ。」

こうして妓王は、天下人の前で舞うという、この上もない栄誉を手にする事になった。

それは、ある春の日であった。うららかな陽気に誘われて、人々の群がる都大路を、妓王は、清盛から遣わされた牛車《ぎっしゃ》に乗って、西八条の館へと向かった。妹の妓女《ぎじょ》も一緒である。

「白拍子の身では、こたびの西八条殿のお召しは大した出世。当代一流の白拍子と認められたも同じこと。ここを先途《せんど》と、力の限り舞わねばなりませぬぞ。」

母の刀自《とじ》からは、出かける前に、よく言い含められている。何と言っても、まだ十七の娘のことだ。胸は早鐘を打つようである。

「ねえさま、どうぞ、お心を軽く持って、いつものように楽しげに舞ってくださりませ。」

妹の妓女は、姉の気持ちを鎮めようと、さりげなく心を使う。御簾《みす》ごしに見える、大路をひしめきあうようにして進む人々も、心なしか、袖ひきあって、「あれが妓王じゃ。」「西八条殿のお召しじゃそうな。」と、囁き合っているかのように思われる。

もしや、とんでもないしくじりをしでかさぬであろうか。今まで、どんな時でも、そのような事は考えずに、せいいっぱい舞ってきたのに、今日、今までの何倍も力を出して舞わねばならぬ時になって、つまらぬことが気になるものだ。

妓王があれこれと心を乱している時、車は、とある庭の小柴垣《こしばがき》の側を通り掛った。

「あれ、ねえさま、かわいらしい花が。」

妓女は手を伸ばすと、庭先から、小さな花をつと手折った。牛車の薄暗がりの中に、黄色いその花は、春の息吹を運んで来てくれたようである。山吹に似た姿の、小さなその花を見ているうちに、妓王は、幼い頃聞いた歌を思い出した。

野の花は
ものおもわずに　咲き初《そ》めて
ものおもわずに　咲き匂い

そうだ、私も、太政《だじょう》の大臣《おとど》のお招きだからとて、心をはることはないのかもしれぬ。

街で、歌い踊っていた時と同じ気持ちで舞えばいいのだ。妓王は、気持ちが鎮まるのを覚えた。やがて、車は、静かに、西八条の館へと着いた。

今までに招かれた、どの貴族の館の門よりも大きな構えの、どっしりとした門をくぐり、たくさんの侍の行き来する表をとおって、ひんやりとする北向きの小部屋へ案内された。やはり、どんな立派な館でも、白拍子風情の案内される部屋といえば、このようなものかと、なれていることとはいえ、心の寒くなる思いである。しかし、鏡にむかうと、妓王の顔は、にわかに生き生きとしてくるのである。「妓女、あそこのところではね、鼓は、ぽんぽんと、軽く打っておくれね。そうしなければ、軽く舞えないのだから。」妹と打ち合わせをしながら、化粧をし、衣装を付ける。朱の水干《すいかん》が鮮やかである。軽くひとさし、鼓にあわせて舞ってみてから、妓王は、仕上げに、唇に紅をくっきりと引いた。

「妓王殿、そろそろ時刻ですぞ。」案内の老女にしたがって、長い廊下をしずしずと進む。いく曲がりもするうちに、人のさんざめきが次第に高く聞こえてきて、とある角を曲がると、にわかに、あたりが、ぱっと明るくなり、黄や紅や水色の、さまざまな衣《きぬ》の色が鮮やかに目を打つ。大勢の高貴の人々の目が一時に注がれる中を、少しも、ものおじせず、妓王は、前に進み、一段と高いところに座った、坊主頭の人の前に平伏した。

「そちが、妓王とか申す、噂に高い白拍子じゃな。顔を見せい。」妓王は静かに顔を上げる。清盛の眼には、桃のような頬をした、おだやかな眼の色の美しい少女が映る。妓王の眼には、あらゆる苦労を経て、権勢並びなき地位にまで上がった男の、自信ありげな、不敵な眼の色と、きかぬ気の口元が映る。「なかなか美しい女子《じょし》じゃの。年はいくつにあいなる。」妓王は静かに口を開く。「十七にございます。」「十七か。」入道は、物思う目付きになる。若かりし頃のことを思い出しているのでもあろうか。荒馬に乗って野を駆けていた、十七の春の頃を。この天下人のまみの中に、ふと、妓王は、何か、寂しいかげりのようなものを見たと思ったのである。気をとりなおした入道は、高らかに言い放った。「舞え、舞え、ひとさし陽気に舞ってくれ。」

妓王は舞った。春の野に咲く花のように、可憐に、あでやかに。その声は、ひばりの声にも似て、うららかで、楽しげであり、歌に合わせて、袖が、春の風に誘われるかのように翻《ひるがえ》った。いつしか、居並ぶ人々は、幼かった日の思い出の春の中へと誘われて行った。何の屈託も無く、思う存分、心ゆくまで遊びまわった春の日の野辺へと。

やがて、踊りは、潮の引くように、静かに終わっていった。人々は、ほっとため息をついて、我に返った。あちこちで、賛嘆の声が聞こえる中で、妓王は、じっと平伏していた。やがて、館の主《あるじ》のあまりの沈黙に耐えかねて、そっと顔を上げた妓王は、思いがけぬ光景にぶつかった。あの、今をときめく太政入道《だじょうのにゅうどう》が、そっと目頭をぬぐっていたのである。

「妓王、妓王。」入道は、二言目には妓王である。妓王なしでは、夜も日も明けぬと言ったところだ。今日は鷹狩りに、明日は歌合せにと、いつも、清盛は、妓王を側から離さない。

あの春の日から、すでに百日以上も過ぎている。夜、華やかに笑いさざめく人々の群れを離れて、一人、部屋にたちかえってみれば、あの日のことが、まるで夢のようである。

妓王は、清盛の館に一室をあてがわれ、侍女二人を付けられて、何不自由ない暮らしをすることになった。母刀自にも館からほど遠からぬ所に、一軒の家を賜り、妓女と二人、月々の手当で、これも不自由のない暮らしをすることになったのである。

「ありがたいことじゃ。いくら、人気があるというたところで白拍子といえば、身分も何もないただの芸人。町の者にすら、芸人風情がと、おとしめていう者もあるというに。それが今は、このような暮らし。見返してやれるというものじゃ。」母は、喜ばしげに言う。そういう母に、まめまめしく仕える妓女を見ていると、街角で、妓女の鼓にあわせて踊っていた頃が思い出されるのである。幼い頃、初めて街で舞ってはみたものの、まだ浅い春に、人出は少なく、ゆっくりと立ち止まって見てくれる者も無いままに、お鳥目は少しも手に入らず、ふるえながら、裏通りの我が家へ帰っていった日があったものだ。都で評判の白拍子となり、天下人、清盛に愛される身となった今でも、冷たい風の中を、肩を寄せて歩いたあの日のことが、ふと脳裏をよぎることがあった。

清盛は、妓王の前では、一人の弱い男であった。大勢の人の前で見せる、威厳という衣装を、肩から、はらりと落としたかのようであった。清盛は、昔を語り、果たせなかった多くの夢を語った。その夢は、天下を握る今の清盛に比べたら、あまりにも小さなものだったのだが。

「わしはの、そなたの年頃に、ちょうどそなたのようなおなごに恋した事があった。野原に座って肩を並べて話し合ったこともあったのじゃ。だが、わしの身内に野心というものが燃え上がった時、わしは、そのおなごのことは忘れてしもうた。そして、わしは、このような地位に上ったが、夜半《よわ》の寝覚《ねざめ》に、ふと思うことがあるのじゃ。あの時、あのおなごと結ばれて、平凡な一生をすごしていたらとな。天下を動かすには程遠い所にいるにしても、今日は裏切られはせぬか、明日は闇討ちに会いはせぬかと、びくびくして日を過ごすこともなかったろうに。ささやかな楽しみで満ち足りて幸せな日々をすごしていたであろうものをとのう。」

そのような清盛を、妓王はやさしくいたわった。心をこめた言葉やまなざしが、春の日ざしのように清盛の胸にしみいり、おべっかばかり聞かされている身には、それがとてもありがたく感じられたのである。清盛は、ますます妓王を愛した。

野に秋風の吹き初《そ》める頃であった。いつものように清盛が妓王を侍《はべ》らせて、酒を楽しんでいると、小者が入ってきて告げた。「只今、都で評判だとか申す仏《ほとけ》という白拍子が参りまして、御前で一さし舞いたいと申しております。いかがいたしましょう。」「何。」みるみるうちに、清盛の額に青筋が浮いた。「わしに妓王という者がおるのを知っての上でそのようなことを申すのか。舞いならいつでも、この妓王が見せてくれるわ。追い返せ、そのような者。」怒りを爆発させると、清盛は荒々しく座を立とうとした。「お待ち下されませ。」妓王は、やさしく清盛を押し止《とど》めると、小者に聞いた。「その仏とか申す者、年齢《とし》は幾つぐらいなのですか。」「はい、見たところ、十五、六でもありましょうか。なかなかきかぬ気の娘と見受けました。」妓王の目に、妹の妓女の顔が浮かぶ。「ねえさま、寒いよう。」と、震えながら、しっかり姉の袖にぶらさがっている幼い日の妓女である。「殿様、その者、お召しになってはいかがでございましょう。芸人が御前で芸をお見せしたいと申してくるのは常の事でございます。さすれば、その中に白拍子がいたとて不思議はございません。まして、聞きますれば、その者はまだ年齢も若いとか。勝気な娘のようでございますもの。追い返しましては、どのように恥ずかしい、情けない思いをいたしますことか。私も元はと言えば白拍子でございます。他人事《ひとごと》とは思えませぬ。どうか、その者を、御前にお呼びなされて下さいませ。」日頃、愛《いと》しく思っている女に、このように言われては、清盛とて腹を立てる訳にいかぬ。このようにして、仏は、清盛と対面することになった。

肌寒い夜である。庭先に、明かりがこうこうと、ともされた中に、仏は、静かに座って、清盛を待っていた。やがて、清盛は、妓王を後ろに従えて、足音も荒く、縁先に出て来た。庭に控えている娘を一目見ると、清盛は荒々しく口を開いた。「そちが仏か。わしは、舞など見とうはないのじゃが、妓王がたってと申すので、お前を呼んだのじゃ。それでは、何か舞って見せてくれ。」ろくろく、娘の顔も見ずに、こう言い放つと、ぽんと、腰を落とした。仏と名乗る娘は、きらりと目を光らせると、静かに舞い始めた。初めは、なにやら得体の知れぬ舞であった。白拍子は、ゆるやかに体をくねらせる。やがて、聴きなれぬ笛の音が、どこからともなくしてくると、踊りは急に激しくなり、踊り子の手も足も、五体がめまぐるしく、動き始めた。秋の夜の虫のすだく庭先は、一瞬、陽光に照らし出され、草花の乱舞する真夏の庭になりかわった。並み居る人々は、声もなく、息をのんで踊りを見つめるのみである。やがて、猛《たけ》り狂うつむじ風が、あっという間に通り過ぎるように、舞は一瞬にして終わった。しばらくは、満座に声もなかったが、やがて感嘆の声が、方々から発せられた。妓王は、ふと、我にかえって、清盛の顔を見た。そして、そこに見出したものに驚いた。清盛の目は、らんらんと光り輝き、頰は紅潮していたのである。それは、いつも妓王が目にしている清盛ではなかった。やがて、清盛は、飛び上がるようにして、言ったのである。「仏、明日もそなたの舞を見せてはくれぬか。」

妓王は清盛を待っていた。ここ数日、清盛は妓王のもとへ足を運ばず、呼び出しの使いも来なかったのである。秋の深まった今日この頃、妓王の胸にも秋風が吹き始めていた。あの仏という娘の舞を見終わった瞬間から、妓王は、清盛の心が自分から離れていくのを感じた。もともと清盛は、暖かくやさしい人の手にいたわられる傷ついた鷺のような存在だったのだ。鷺は傷が癒えれば、人の手を離れて、大空へ飛び上がるものである。しかし、そうわかってはいても、妓王には割り切れぬものがあった。妓王は清盛を愛しはじめていたのである。

初めは、安楽な生活や、母と妹の暮らしの安定を思って受けた清盛の愛であったが、人には見せぬ、やさしい、弱々しい面を、妓王にだけ見せて、母鳥に羽すりよせるひなどりのような清盛を見るにつけ、いつしか母性的なともいえる愛情を、妓王は清盛に注ぎ始めていたのである。しかし、それも、仏の出現で、粉々に砕け散ってしまう運命にあった。せめて最後にもう一度《ひとたび》、清盛の顔を見たいと願う妓王であった。

清盛はやって来た。ある夕方、威勢の良い足音がしたかと思うと、ぬっと姿をあらわしたのだ。これまでの訪れとはまるで違うあらわれ方であった。清盛は、床に、どっかと腰をおろすと、ためらいもなく言った。「妓王、そなたには、充分手当てをつかわすから、明日、この屋敷を出てくれぬか。」やはり、思っていた通りの言葉であった。清盛は続ける。「これまでのこと、本当に有り難いと思っている。そなたは、権勢にうみ、疲れ果てていたこのわしを、やさしくいたわってくれた。おかげでわしは、ひさしく感じたことのない、人の心のやさしさを、心ゆくまで味わうことができた。ところが、こたび仏があらわれて、わしの心は変わったのじゃ。仏は、力と情熱そのものじゃ。わしは、そなたがあらわれて以来、忘れていた、昔のわしの、燃える心を思い出した。わしには、新しい野心ができた。この上の望みなどない、行き着くところまで来てしもうたと思っていた、このわしにだ。それは、そなたにも言うことのできぬ望みだ。大それたことかもしれぬ。わしも、年老いたからのう。しかし、仏を見ていると、わしは、あの頃の力が全身に戻ってくるのを感じる。わしは、再び若者に戻ったような気持ちになるのじゃ。のう、妓王、わしは、この野心をなんとしても果たすつもりじゃ。そのためには、仏がいる。おなごの力などと、世間の者は侮るかもしれぬが、わしにとっては力の溢れ出てくる泉のようなものなのじゃ。」

ここでしばらく口をつぐんで、再び語りはじめる。

「それにつけても妓王、そなたのことじゃが、わしは、そなたを見る度に、心がやさしくなるのを感じる。やさしい心では、このたびの志を果たすことはできぬ。今のわしには、仏は必要じゃが、妓王、そちはいらぬのじゃ。」

清盛の立ち去った後、妓王は虚ろな心で座り込んでいた。

やがて、我に返ると、庭にすだく虫の音が、一際高まっている。夜も更けたのである。

月はこうこうと、あたりを照らしている。不思議に、深い悲しみは湧いて来なかった。

もともと身分のないものが、不相応な幸せであったのだ。これで良いのだ。

静かな気持ちで、妓王は、その夜、西八条の館を出た。

都の西のはずれ、嵯峨野のかたほとりに、小さな庵があった。いつの頃からか、そこに、三人の尼が、住み着くようになった。手作りの品と引き替えに、近くの農家に時折、食べ物を貰いに来るだけで、あとは外へもあまり出ずに、ひっそりと暮らしている。

それが、妓王、妓女の姉妹に、母の刀自なのであった。女たちも初めは、都を離れたわび住まいで、なれぬことも多かったが、やがて、日が経つうちに、かえって、静かなここの暮らしに、安らぎを見出すようになっていた。母でこそ、はじめのうちは、清盛を恨み、「えらいお方は、心が変わりやすいものじゃ。妓王は、おもちゃにされたようなものじゃの。」

と、愚痴をこぼしていたものの、それもいつか静まり、三人は念仏を唱え、手仕事をして、けんか一つせず、暮らしていたのである。

清盛の噂は、このようなひなびた所まで、伝わってきた。

あれから清盛は、仏を寵愛して、ますます奢りたかぶり、上《かみ》をもおそれぬ所行が多いとのことである。翌年の春には、平氏への謀反のかどで、近江中将成正《おうみのちゅうじょうなりまさ》を初めとする、おびただしい人々が、ある者は斬罪に処せられ、また、ある者は、遠い離れ小島に流されたそうである。

それから数年の間は、平氏の勢いは、天にも届かんばかりであった。巷には、入道殿は、主上になりたいと申されたそうなと、ささやく者が現れ、眉をひそめる人が多かった。

しかし、妓王は、そのような噂を知ってか知らでか、すっかり行いすました尼となり、白拍子として、天下の人々の眼や耳を楽しませていた昔があろうなどとは、とても思えぬ程になった。清盛とのことも、今は、思い出となって、胸の奥の方に、眠っているのみである。

妓女も、花のような乙女盛りを、墨染めの衣に包み、母に仕えて、念仏三昧の暮しである。

母の刀自は、今はすっかり年老いていたが、気丈さは、昔のままである。四季折々の草花や、小鳥の姿に眼を驚かせ、夏の宵は、星空を見上げて、物語などをし、三人は、さびしいながらも、楽しく、肩を寄せ合って暮らしていた。

ある年の春、清盛の身に変異が起こった。宵から少し風邪をひいたような心持だったのが、翌日から、すさまじい熱を発したのである。どのように手を尽くしてみても、熱は下がらず、医師にも、なすすべが無かった。一族のものは、ただ、嘆き悲しむばかりである。

それから三日して、清盛は息をひきとった。苦しんだ挙句であったという。

妓王は、その知らせを聞いた時、さすがに心が騒いだが、なにもかも過ぎ去った昔のことであるのだと、つとめて心に言い聞かせ、気持ちを鎮めた。

それから数日後、笹の葉が、春風にさやさやとそよぐ日暮れ時。かけいの水の音をききながら、三人が静かに座している時であった。表の戸をとんとんとたたく音がする。

はて、このような時刻に。訪れる者もない筈だがと不思議に思い、三人は顔を見合わせた。

「はい、どなた様でござりまするな。」刀自は、気丈に声を出した。怪しいものではあるまいかと、娘達をかばうそぶりをする。

「都よりまいった者でございます。どうか開けてくださいませ。」まだ若い女の声である。

「都より?」

風流な都人が、この辺りを散策しているうちに道に迷い、日は暮れてくるし、困っているのでもあろうかと思いやって、妓王は、そっと戸を開けた。

妓女のさしだす灯《あか》りのもとで、頼りなげに、若い女が立っていた。妓女と同じ年頃でもあろうか。粗末な被衣《かつぎ》を被《かぶ》り、顔には化粧のあとも無い。

「一晩の宿をお願いいたします。疲れ果てております。」女は、へたへたと、その場にしゃがみこんでしまった。

「おうおう、これはまあ。さ、妓女、中へお入れして、湯などさし上げなさい。」

刀自の指図のままに、妓女は、女を中にやさしく引き入れて、戸を閉めた。

女は湯を飲んで一息つくと、大きな眼を潤ませて、礼を述べた。

「思いもかけぬ出来事で、都を追われてまいりました。どうか哀れと思し召して、せめて一夜なりと、泊めてくださりませ。」

老いた刀自は、すっかり同情して眼に涙を浮かべて女を見つめている。

妓王は、女の顔を、こうして灯りのもとでよく見てみると、ふと、どこやらで会ったような気がしてきた。はて、どこで会ったのであろう。都から来たと言っていたが。

女はその晩、ぐっすりと寝《やす》んだようである。寝返りの音一つ、次の間からは、聞こえてこなかった。

翌朝、まだあけやらぬうちに、妓王が起き出して、朝餉《あさげ》の仕度をしていると、女が起きてきた。

「おお、気持ちの良い朝ですこと。このような朝は、本当に久し振りです。」

昨夜とはうってかわった歯切れの良い調子である。朝の空気を吸い込んで、頬には赤みがさし、眼がいきいきと輝いている。

その顔を見た時、妓王は思い出したのである。あの秋の夜、こうこうと燃える灯りのもとに見た顔を。

「仏、仏殿ではありませぬか。」

女は、はっとして妓王を見た。その眼が大きく見開かれる。

「そなたは。」

妓王の胸は、ここ何年もなかった程、打ち騒いだ。一瞬、妓王をこよなく愛してくれていた頃の清盛の顔が胸に去来して、息苦しくなった程であった。

やがて、仏は、せきを切ったように語りはじめた。

「清盛様は、私を愛してくださいました。私は、わがまま一杯にふるまいました。清盛様の頬を打ったこともあります。けれども、清盛様は、笑っておいでででした。次第にお忙しくなり、私に会う時間は、少なくなられましたが、おいでの時はいつも、生気に満ち溢れたお顔をしておいででした。私は楽しかった。天下に采配をふるうお方に、この上もなく愛され、何もかも、したいほうだいでした。けれども段々に清盛様の眼は、異様な程、熱っぽくなってまいりました。おしまいには、私には見向きもされなくなり、何かに熱中されておいでのようでした。それが何なのかは、私風情にはお打ち明けになりません。

ところがある夜、風邪気味だと言って、床に伏されてから、どっと寝付いてしまわれました。一族の方々がお集まりになられ、私など殿様のお側には、近寄らせて貰えません。屋敷のすみに追いやられてしまいました。

二、三日たってから、館の中がにわかに騒がしくなり、馬の足音が、ひっきりなしに出たり入ったりいたします。もしやと、騒ぐ胸を押さえておりますと、その宵のことでございます。清盛様の北の方、二位殿が、突然おこしになりました。私はびっくりして、その場に平伏いたしました。北の方ともあろうお方が、このようないやしい側女《そばめ》の部屋に入って来られようとは、全く予期していなかったことでございました。

二位殿は、静かに言い放たれました。

「清盛は、ただいま、息をひきとりました。」

私は、かくあろうとは思っていたことでございますが、さすがに、あっと息をのみ、声も出ません。

「生きておりました間は、そなたにも世話になりましたな。礼を申しますよ。」

二位殿は、自分をじっと押さえておられるご様子でした。

「私も、あの方とは、若い頃から苦労を共にし、あの方のご出世のためなら、どのようなことをも厭わず、働きました。あのお方の胸に志の炎が燃えるように、ひたすら、自らの心を燃やしたのです。でも、私は、年をとってしまい、昔の情熱はうすれてしまいました。あの方も年をとられました。そこにあらわれたのが、そなたです。そなたは、あの方の胸の余燼《よじん》に火をつけたのです。そして、ごらん、あの方の火は燃え過ぎてしまった。狂ったように燃えて、あらぬ望みを抱き、とうとう、我とわが身を燃やしてしまわれたのじゃ。」二位殿は、しばらく口をつぐみ、やっと又、口を開かれました。

「そなたを恨んでも、せんないことかもしれない。あのお方は、生涯、なにかを追い求めていなければ、生きていられなかったのでしょう。妓王がおりました頃は、お心もやさしくおなりで、もうこのまま年老いてしまわれるのかと思っておりましたのに。ああ、恨むまいとしても、どうしても恨まずにはいられない。そなたの顔、もはや見てはいられぬ。ああ、どうか、出て行っておくれ。はよう、はよう。」

二位殿は、突っ伏してしまわれました。肩をふるわせておられます。

私は、その場にいたたまれなくなって、庭へとびだしました。

私の胸にも去来するものがございます。私は、清盛様に、私の生涯で花ともいうべき時期を捧げました。若い心のおもむくままに、日々を過ごして、気がついた時には、私の心の炎も消えていたのでございます。私の花の時代は、清盛様と共に終ったのだ。そう思いました。私は、しののめの薄明かりの中を、あてどなくさまよい出ました。気が付いたら、ここにいたのでございます。あなた様を追い出したも同然の私でございますが、どうか哀れと思し召してくださいませ。」仏は、身を震わせると、竹藪の中へ駆け入ろうとした。妓王は走り寄って、仏の肩を抱いて押しとどめると、静かに歌いだした。

「野の花は
ものおもわずに　咲き初《そ》めて
ものおもわずに　咲き匂い
ものおもわずに　散りて行く」

それは、白拍子として、都にいた頃と少しも変わらぬ、澄んだ美しい声であった。

「仏殿、私たちも、野の花として、ここで共に咲き、共に散っていきましょう。」

仏は静かに泣き崩れた。

こうして、嵯峨の里に、四人の尼は、静かな日々を過ごすようになった。

それからしばらく後、平家一門は、西海《さいかい》の波に散ったという。

完

佐藤啓子（さとうけいこ）

経歴
白百合女子大学国文学科卒業後、図書館勤務・OL経験を経て、講談の田辺一鶴（たなべ・いっかく）師匠の事務所に勤務。その後独立。

資格
中学・高校国語科教師
図書館司書・司書教諭

〒184-0011
東京都小金井市東町1-3-25
http://ksh.arrow.jp/

keikoのスクラップ・ブックⅡ　エッセイと物語＋CD

2021年10月26日　初版発行

著　者　佐藤啓子
発行所　学術研究出版
〒670-0933　兵庫県姫路市平野町62
［販売］Tel.079(280)2727　Fax.079(244)1482
［制作］Tel.079(222)5372
https://arpub.jp
印刷所　小野高速印刷株式会社

ISBN978-4-910415-86-4